逍遙四公子
01
修果 ◎著

CONTENTS

目錄

第一章

怒其不爭

「甯宸，給我滾出來！」

「二公子，你不能進去……四公子感染了風寒，就怕傳染給你呀。」

「滾開，該死的狗奴才敢攔我的路？讓那野種別裝死，趕緊滾出來見我！」

辱罵聲中夾雜著一聲響亮的耳光聲，使甯宸被驚醒了，一臉茫然地打量著自己所處的這間狹小房間。

方桌、圓凳以及一張破舊的小床，除此之外別無他物……這是哪裡？

甯宸正在疑惑時，記憶的碎片強行湧入他的腦海，劇烈的疼痛差點讓他再次暈厥過去。

但這股痛感來得快，去得也快，甯宸擦了擦額頭的冷汗，表情有些古怪……他竟然穿越了。

他原本是地球上某特種部隊的指揮官，在跟敵人交火時被流彈擊中要害，為國捐軀了，沒想到死後竟然穿越到了這個跟他同名同姓的人身上？

這裡是大玄皇朝，這是在他原本世界的歷史中從未出現過的朝代。

不過，這具身體的前主人過得有些慘啊。

父親「甯自明」，是當朝禮部尚書，正二品，可甯宸在這個家中過得卻連下人都不如。

甯自明和甯宸的母親算是青梅竹馬。

當年甯自明進京趕考前答應甯宸的母親，等他考取功名後一定會回來娶她，可甯宸的母親一等就是五年。

其實甯自明五年前就高中榜眼，得當朝左相看中，迎娶了左相之女，孩子都生三個了。

大玄皇朝以孝為先，甯自明這次回來只是為了祭祖，甯宸的母親根本不知道這一切，還以為甯自明回來是接她去京城享福的。

可一夜歡好後，這畜生拍拍屁股走了，一去不回！之後甯宸的母親發現自己懷了身孕。

甯宸七歲的時候，母親抑鬱成疾，撒手人寰，後來甯宸以乞討為生，吃百家飯長大。

在甯宸十二歲的時候，甯自明派人找到他，將他接回甯家。

後來甯宸才知道，這並不是甯自明良心發現，而是他擔心自己的前途，怕政敵知道他薄情寡義、拋棄骨肉的事……所以先一步將甯宸接回家，並且編了一個完美的故事。

可甯家主母常如月以及她的三個兒子，擔心甯宸以後會來瓜分家產，根本不喜歡甯宸。

甯宸每天小心翼翼地討好他們，可得到的只有變本加厲的欺辱。但不管甯宸怎麼被欺辱都不吭聲，因為他不想再去流浪乞討了。

他不知道的是，不管他怎麼委曲求全，對方都不會把他當成一家人，而且還想要他的命！

如今已經入秋，甯宸還穿著單薄的衣裳，結果不意外地感染風寒，他們非但不讓郎中給甯宸看病，還悄悄往甯宸的被褥上澆涼水，結果導致甯宸重病無醫，一命嗚呼。

此刻的甯宸嘆口氣，對於這具身體的前主人，他只有八個字……哀其不幸，怒其不爭！

兔子逼急了還會咬人呢，何況已經被逼得沒活路了……換做是他，就算身體虛弱地拎不動刀，也要嘗試下毒帶走幾個混蛋，誰他媽都別想好過。

正當他這麼想的時候，門開了，一名身穿粗布短打的跛腳老人走了進來。看到坐在床上的甯宸，老人先是一怔，旋即滿臉驚喜，道：「四公子，你醒了？太好了、太好了……」

這位跛腳老人來甯府很久了，甯宸來的時候他就在了。其他人叫他老柴，甯宸喚他柴叔。

柴叔是這府中對甯宸最好的人。

平時，甯宸吃的都是殘羹剩飯，常常吃不飽，都是柴叔省下自己的口糧給甯宸。

「四公子，你還有病在身，快躺下。」柴叔一邊說，一邊俐落地倒了杯水端過來：「來，四公子，喝點水……餓了吧？我一會就……」

他的話還沒說完，「匡啷」一聲，房門被人一腳踹開了，一名身穿錦衣華服、神情飛揚跋扈的青年衝了進來。

甯興，甯宸的二哥。

看到甯宸，甯興立刻指著他大吼：「我就知道你這野種在裝病……把我的玉佩交出來，不然我今天打死你。」

「二公子，四公子剛醒，有什麼話回頭再說吧？」

柴叔趕緊攔住甯興，此時甯宸死裡逃生，剛剛轉醒，身體很虛弱，可經不住甯興毒打。他見過甯興打甯宸，那是手裡沒輕沒重地拚了命往死裡打的，他可不能再讓二公子打傷好不容易醒過來的四公子。

「滾開，狗奴才！」甯興今年十七歲，身體壯碩，一腳將柴叔踹翻在地，指著他大罵：「狗奴才，你竟敢幫著這野種騙我，看我不打死你！」

眼看甯興還要動手，甯宸眼神一沉，但臉上卻擠出討好的笑容：「二哥，對不起，我把玉佩還給你……你別生氣了！」

甯宸一邊說，一邊在床頭摸索。

甯興大步走過去：「我就知道我的玉佩是你這野種偷走的……敢偷我的玉佩，等父親回來有你好果子吃！」

昨日，甯興和甯宸見面後就說自己的玉佩丟了，一口咬定是甯宸偷的，糾纏不休，至於是真丟還是假丟，只有甯興自己知道。

「找到了！」甯宸突然說道，然後伸出手。

甯興盯著甯宸的手，可當甯宸攤開手，掌心卻是空的。

甯興一怔，還沒反應過來，甯宸抄起床頭的瓷枕，狠狠地砸在他腦袋上。

「砰！」

隨著一聲悶響，瓷枕碎裂，甯興踉蹌著倒退了幾步，差點摔倒，一瞬間頭破血流。

他一臉不可思議地看著甯宸，甚至連慘叫都忘了，因為他不敢相信甯宸竟然敢打他？

以往不管他們怎麼欺負，甯宸都打不還手、罵不還口，不管是不是甯宸的錯，到最後甯宸都會小心翼翼地跟他們道歉，祈求原諒。

柴叔也嚇呆了！

過了好一會，甯興才反應過來，發出一聲慘叫，指著甯宸尖叫：「你敢打我？你這野種竟敢打我？」

甯宸手裡握著瓷枕碎片，冷冰冰地說道：「我不止敢打你，我還敢殺了你，信不信？」

甯興被甯宸的眼神嚇到了，渾身一顫，扭頭就往外跑，嘴裡大喊著「殺人了」。

柴叔從地上爬起來，驚慌失措地說道：「四公子，現在……現在怎麼辦？」

甯宸卻看著柴叔沒說話。

「四公子，你沒事吧？」柴叔以為甯宸嚇傻了，擔心地問道。

甯宸卻是淡然一笑，說道：「柴叔，你去多找些木材，然後再取些松油來。」

柴叔不明所以，但還是去照辦了。

甯宸從床上下來，腳下一個趔趄……這具身體長期營養不良，加上大病初癒，虛弱得很。

「看來得好好鍛鍊一番了……剛才砸甯興那一下，力道比預想的差很多。」甯宸嘀咕了一句。

……

一輛馬車在甯府門口停下，下人急忙搬來馬凳，一名身材修長、長相英氣、穿著錦衣華服的青年先下車。

這人是甯府大公子，甯甘。

旋即，一個五十來歲，面相儒雅，氣度不凡的男人從馬車裡走出來，他正是當朝禮部尚書「甯自明」。

甯甘蠻橫地推開下人，一臉殷勤地將甯自明扶下馬車。

「甘兒，我已經吩咐人燉了一隻老母雞，晚餐你多吃點，好好補補，這幾天肯定累壞了。」

這幾天是大玄三年一度的科考，甯甘剛參加完科考，是甯自明親自去接的，這才剛剛回來。

「謝謝父親！」甯甘扶著甯自明往裡面走去。

剛進門，便看到他三弟甯茂帶著幾名家奴，手持棍棒，一副凶神惡煞的模樣。

甯自明眉頭微微皺起：「你們這是幹什麼呢？」

甯茂看到是自己的父親，臉上的凶狠之色立刻變成了委屈，告狀道：「父親，你可要為二哥做主啊！」

甯自明沉聲詢問：「你二哥怎麼了？」

「父親，甯宸那個野……他偷了二哥的玉佩，二哥前去討要，甯宸不但要無賴，還用瓷枕砸破了二哥的腦袋！要不是二哥跑得快，怕是命都沒了。」

甯茂哭訴，硬生生擠出兩滴眼淚。

甯自明臉色一沉，擔心卻有些吃驚。甯宸一向唯唯諾諾，見了他更是連大聲說話都不敢，怎麼敢行凶？

甯甘怒道：「我們甯家供他吃、供他喝，哪一點對不起他？他竟然對自己的親哥哥下如此毒手，真是養不熟的白眼狼！」

甯自明思索了一下：「甯宸人在何處？」

甯茂急忙說道：「在西院。」

西院乃是下人住的地方，但甯家卻沒有人覺得甯宸住在那裡有什麼不妥。

……

甯自明等人來到西院，一進院子，就看到甯宸站在柴火堆上手持火把，空氣中瀰漫著松油的味道。

「甯宸，你又在搞什麼？」甯茂大聲斥責。

甯甘就顯得比較有城府，開口道：「甯宸，你在幹什麼？見到父親還不行禮……教你的規矩都忘了嗎？」

甯自明一臉厭煩地看著甯宸。

有些人一旦飛黃騰達，就會努力抹去曾經的狼狽，覺得那段過去對他們來說是恥辱；而甯宸，就是他甯自明的恥辱。

甯自明是個極其自負、好面子的人，他不想讓人知道他的過往，更不想讓人知道他曾經的妻子是名鄉野村姑，這讓他很沒面子。

甯宸一臉平靜的看著甯自明，淡淡地說道：「我有父親嗎？我怎麼不記得？」

甯自明的臉色一瞬間變得無比難看：「逆子，你可知道自己在說什麼？」

甯甘趁勢火上澆油：「甯宸，你太過分了！父親供你吃穿，沒有父親，你現在還在乞討流浪呢。」

甯宸嗤嗤笑了起來，眼神裡滿是嘲諷。

「供我吃穿？」甯宸伸手扯了扯自己身上的薄衫：「這件衣服，是我入府時甯尚書送給我的，如今已經兩三年了吧？」

「還有吃？我是甯府四公子，可自家公子卻上不得桌，每天只能吃你們的殘羹剩飯，有時連殘羹剩飯都沒有。」

甯自明皺眉，這點他還真的不知道，府中的開銷用度都是夫人在打理，他從來沒管過。說白了，他不是沒管過，只是沒管過甯宸而已。

甯甘急忙道：「甯宸，你少胡說八道……母親為我們置辦衣服的時候，從來都沒少過你的。還有，吃飯的時候，我們派人叫你，是你自己不上桌。」

甯宸搖頭失笑：「你還真是你母親的好兒子，知道替你母親遮掩，是怕她落個刻薄歹毒的名聲吧？」

「甯尚書，我的兩位好哥哥……如今已入秋，若是有件稍厚點的衣服，我也不會染上風寒。」

「你們往我的被褥上澆水，讓我睡又冷又濕的被褥，再厚的衣服也扛不住啊。」

甯甘又驚又怒，這甯宸平日裡唯唯諾諾，怎麼突然性情大變？

隨即他怒道：「甯宸，你胡說八道，顛倒黑白！汙衊自己的父親和母親，應杖責三十！」

甯宸怒吼：「那是你們的父親和母親，與我何關？昨晚，我睡在那又冷又濕的被褥裡，命懸一線，要不是我命大，早就一命嗚呼了。」

周圍有不少下人在偷聽，甯甘擔心再說下去會影響他母親的聲譽，話鋒一轉：「甯宸，你少扯這些根本不存在的事……今日前來是為了你打甯興的事。他可是你哥哥，平日裡待你不薄，你為何下此毒手？」

甯宸冷笑連連：「待我不薄？待我不薄的方式就是天天欺辱我、打罵我、汙衊我偷他東西？」

「以往是我自己賤，貪戀這點可憐的親情，我委曲求全，打不還手，罵不還口，只希望你們能多看我一眼。」

「昨晚死裡逃生，我徹底想明白了……去你媽的親情！」

甯甘幾人終於明白了，原來這就是甯宸性情大變的原因？

甯宸將手裡的火把丟在甯自明腳下。

「甯尚書，我打了你的寶貝兒子，我現在把命還給他……我腳下的柴火上澆滿了松油，只要你撿起火把，就可以替你的寶貝兒子報仇了，來啊！」

甯甘和甯茂嚇得連連後退……這傢伙是瘋了嗎？

甯自明動容，有那麼一瞬間的失神，但隨即而來的是無盡的憤怒。

這算什麼？這小子是在威脅他嗎？

柴叔嚇得手腳顫抖，撲通一聲跪在了地上：「老爺，老爺息怒……四公子是發燒燒糊塗了，他根本不知道自己在做什麼！」

「我沒有糊塗，我現在比任何時候都清楚。」甯宸神色有些癲狂，大吼道：「甯尚書，你還在等什麼？動手啊！」

甯自明臉上青一陣白一陣，感到非常憤怒：「逆子，你以為發癲病，用這樣的方式就能引起我的注意？」

甯宸愣住了，差點沒忍住笑出豬叫聲，但又替這具身體的前主人不值！靠！這傢伙哪來的自信？真不知道這具身體的前主人上輩子造了什麼孽？才會攤上這麼一個豬狗不如的爹。

甯自明沉聲道：「逆子，你越是這樣，我越厭惡你！」

然後，甯自明讓人熄滅火把，拂袖而去。

甯甘和甯茂滿臉幸災樂禍，他們也以為甯宸是想用這種方式引起父親的注意，可惜偷雞不成蝕把米，現在父親越來越厭惡這小子了。

甯宸看著兩人，突然間彎腰撿起一根木材狠狠地砸了過去，木材擦著甯甘的耳邊飛過，讓他嚇得人都僵住了。

「甯宸，你這個瘋子、野種！」甯茂大罵，可看到甯宸彎腰撿木材，嚇得一哆嗦，拉著甯甘拔腿跑了。

甯宸放聲大喊：「甯尚書，如果不想落個虐待幼子的名聲，勞煩派人送幾床厚一點的被褥和衣衫來。」

他知道甯自明是個極為好面子的人，他不會讓自己落下這個惡名。

甯自明聽到了，但臉色卻更加難看了。

甯甘快步追上來，討好地說道：「父親別生氣，甯宸就是想以這樣的方式引起您的注意，別理他就行了……餓他幾天，他發現這招沒用，肯定會來求父親原諒。」

甯茂幫腔道：「對，絕對不能讓他得逞，竟敢要挾父親，還敢用木材砸我們，簡直無法無天。」

甯自明沒有說話，來到後院一間房間前，還沒進門就聽到了哭聲。

甯甘殷勤地掀開簾子，甯自明走了進去，房間裡奢華、溫暖，甯興躺在床上，額頭纏著白布，有殷紅的鮮血滲出。

床邊一名體態豐腴的婦人正在哭泣，她就是當朝左相常承允之女，常如月。

常如月看到甯自明，擦了擦眼淚，起身行禮帶著哭腔道：「老爺回來了？」

甯自明「嗯」了一聲，看向床上的甯興，問道：「興兒怎麼樣了？可有找大夫來瞧過？」

常如月嗚咽著說道：「大夫已經來過了，興兒傷得很重，說要臥床靜養一陣子。」

甯自明眉頭緊皺，臉色難看。

「這個野……」甯茂正要說野種，常如月一個眼神，他立刻改口：「二哥真可憐，平日裡有什麼好吃好喝的都給甯宸留著，沒想到他不但偷二哥的玉佩，還下此毒手，太過分了！」

常如月柳眉微蹙，責備道：「不要這樣說自己的弟弟，甯宸畢竟是從鄉野小村來的，缺乏管教……也是我這個做母親的失責，沒有管教好他。」

甯甘急忙道：「母親，這跟妳有什麼關係？分明是那甯宸的錯，妳怎麼能把責任攬到自己身上呢？」

常如月擦拭著眼角並不存在的眼淚，嘆口氣說道：「甯宸是頑劣了些，但這也不是他一個人的錯，是母親沒有好好管教他。」

「你們兄弟二人不能因為這件事就怪他……他雖然不是母親所生，但我一直待他視如己出。」

甯自明本想問問甯宸缺衣少穿的事，但聽到常如月這樣說，越來越肯定甯宸在撒謊。

哼，真是頑劣成性，滿嘴謊言，孺子不可教。

「甯宸以下欺上，手段歹毒……來人，封鎖西院，沒有我的命令，不準他踏出西院半步！」甯自明滿臉厭煩地說道。

常如月嘴角露出一抹詭笑。她的段位，可比她三個兒子高多了。

……

西院，柴叔扶著甯宸回到房間。

「四公子，剛才可真是嚇死我了。你說你這是何必呢？跟老爺服個軟也就沒事了……如今，只怕老爺更不喜歡你了！」

甯宸冷冷一笑，道：「柴叔，我服的軟還少嗎？這些年，我小心翼翼地討好著他們，委曲求全。連家裡的狗咬我，我都得跟狗道歉……可你也看到了，我差點就去見閻王了。」

柴叔嘆口氣，滿臉心疼。他是真的心疼甯宸，懂事、善良、乖巧，可怎麼就得不到老爺的一個笑臉呢？

歸根結底，是四公子沒有背景，無法對老爺的仕途有幫助。

「四公子，可你這麼做又有什麼意義呢？只會讓自己的處境更艱難。」

甯宸笑了笑，道：「最起碼，甯甘三人以後不敢再隨意欺負我了。」

柴叔非常心疼。

「科考結束了，三天後該放榜了吧？」

柴叔點頭，不明白甯宸問這個做什麼？

甯宸嘴角微揚：「你說甯甘會榜上有名嗎？」

「大公子由老爺親自教導，學問自然是不差的……不出意外，大公子肯定會榜上有名。」柴叔說著，深深地嘆了口氣：「四公子就是讀書識字太晚，若是早點，或許也能考個功名回來，這樣以後就沒人敢欺負你了。」

甯家有教書先生，甯宸來到甯家後也跟著幾位公子一起識文斷字，但終歸學的太晚了，學問自然是不如另外三位公子。

「柴叔，你相信這世上有天才嗎？」

柴叔一臉疑惑的看著甯宸。

甯宸笑道：「柴叔，其實我就是天才……先生教的我都學會了，我的學問可不在甯甘他們之下。」

「以前是我不想出風頭，怕引來他們嫉妒。但現在，我不用再隱藏自己了。」

「柴叔，等著吧……過不了多久，我就會名動文壇。」

柴叔卻是一臉擔心的看著甯宸，該不會他是發燒將腦子燒壞了，怎麼開始胡說八道了？

甯宸心說我白嫖小王子出手，你甯甘這輩子別想有出頭之日了。

當今聖上好詩詞，所以導致大玄皇朝近些年文風盛行，詩詞歌賦大量湧出。據說當年左相就是憑藉一首詩讓玄帝另眼相待，平步青雲。所以，大玄皇朝的文人都想作出一首曠古絕今的佳作，說不定就會得到皇帝青睞。

甯宸想到了賣詩。

好詩可是千金難求，甯宸不會作詩，但這個世界沒有李白、杜甫、白居易這些詩詞巨匠，他自己做不了巨人，那就站在巨人的肩膀上狐假虎威。

以後他就是白居易的弟弟白嫖！

生活所迫，相信幾位老人家是不會怪他的。

先賺錢，等有錢了再想辦法搬出去，不過這一點很難。

第一，他的牒籍在甯自明手裡。

牒籍相當於這個世界的身分證，沒有牒籍就沒辦法置辦房產，說不定還會被當作流寇抓起來。

而甯自明為了自己的聲譽，肯定不會輕易將牒籍給他，回頭試試看能不能想辦法偷到手。

第二，大玄律例，家裡只有獨子，必須侍奉雙親。家裡若是兄弟多，可分家，但男子必須年滿十六歲，這個世界十六歲就成年了。

這些都是寫在律法裡的，一旦觸犯就會被嚴懲。

不過這個好辦，他還有幾個月就十六歲了，忍一忍就過去了。

不管了，先賺錢吧，既然老天給了他重活一世的機會，那絕對不能窩囊的活著。

不說一定要位極人臣，怎麼也得家纏萬貫。

「柴叔，明天去狀元樓！」

京城有間狀元樓，文人騷客匯聚之地。

狀元樓的掌櫃極好詩詞，只要能做出一首好的詩或詞，便能在狀元樓免費吃住，所以狀元樓出了不少的佳作。

甯宸決定明天去狀元樓賣詩詞，先賺一筆，搬出去再說。

……

翌日，甯宸起床，柴叔端著熱水進來了。

「柴叔，快收拾一下，等我洗漱好我們就去狀元樓。」

「四公子，恐怕我們去不了了。」

「嗯？」

柴叔嘆口氣，說道：「昨晚老爺下令，讓你禁足，不許踏出西院半步，門口有人看著。」

甯宸臉色一沉。

不過，他有張良計，我有過牆梯。院子裡的牆角就是柴火堆，可以翻牆出去。

甯宸簡單地洗漱了一下，來到院子裡，打算翻牆而出。

可柴叔就去不了了，他年紀大了，而且腿還瘸了，根本翻不了牆。

「四公子，我還是別去了吧？要是讓老爺知道，他又要發火了。」

甯宸冷笑：「愛發火就多發一點，這麼大的火氣，有本事自焚給我看看！誰也別擋著我賺錢！」

甯宸說完便從牆頭翻了出去，他自從來到甯府後就很少出去，狀元樓他只是聽說，也沒去過。

不過狀元樓很有名，他一路打聽，順利來到狀元樓。

狀元樓是一座三層朱紅色建築，三面環水，非常氣派，地理位置也很好。

甯宸正要進去，從裡面走出來三個人。

為首一人四五十歲，衣著華麗，器宇不凡；身後跟著兩個人，一人是大鬍子，身材魁梧，一臉凶相；另一人白面無鬚，看起來竟有些女氣。

那衣著華麗的中年人搖頭嘆息：「白來一趟，一首好詩都沒有，盡是一群混吃混喝之徒。」

「老爺莫要生氣，好詩好詞可遇而不可求……我們下次再來。」那白面無鬚的男子聲音略微尖細，安慰道。

甯宸眼神一亮，看這中年男子的穿著打扮，是個有錢人。

甯宸與三人擦肩而過的時候突然作揖：「三位請留步。」

三人停下腳步，那一臉凶相的男子和女氣的男子，上前一步擋在了衣著華麗的中年人面前。

甯宸急忙道：「別緊張，我不是壞人。我就是想問一下，三位來這裡是要買詩吧？」

三人審視著甯宸。

甯宸身材消瘦，個頭也不高，身上的衣衫洗得發白，倒像是一名落魄書生。

那衣著華麗的中年人問道：「怎麼，你有詩要賣？」

甯宸點頭：「詩詞歌賦樣樣精通，你想要什麼儘管說，不滿意不要錢。」

中年男子笑了起來：「年紀不大，口氣倒是不小！」

甯宸拍著胸口保證：「我都說了，不滿意不要錢。要不你們先來一首嘗嘗，覺得好了再買也行。我這人做生意主打一個公平公正、童叟無欺！」

衣衫華麗的中年人暗自皺眉，嘗嘗？詩有嘗得嗎？又不是吃食。

這少年的口氣根本不像個文人，倒像是名走街串巷的小販。

「老爺，這傢伙一看就是個騙子，我別理他，趕緊回家吧。」白面無鬚的娘娘腔瞪著甯宸，因為甯宸太像騙子了。

甯宸眼睛一瞪：「你說誰是騙子？我可跟你說，過不了多久？我就會名震文壇，到時候我的詩詞可是千金難求……現在不買，怕是腸子都得悔青囉！」

娘娘腔不屑道：「就憑你還想名動文壇？」

甯宸滿臉鄙夷：「你看起來一副娘娘腔的模樣，懂詩詞嗎？」

「放肆！」娘娘腔指著甯宸，氣得手指顫抖。

那衣衫華麗的中年擺擺手，看著甯宸，笑著說道：「你把自己說的這麼厲害？可敢讓我考考你？」

甯宸兩手一攤：「來吧，真金不怕火煉！」

中年人環顧四周，最終目光落在旁邊湖中，幾隻白天鵝正在湖中嬉水，頓時笑道：「那我們就以天鵝為題，寫首詩如何？」

甯宸笑著說道：「這有何難？張嘴就來，聽好了……鵝鵝鵝……」

甯宸後面的話還沒出口，就被娘娘腔尖細的嘲笑聲打斷了。

他一臉不屑：「你這也叫詩？」

甯宸臉一沉，要不是為了賺錢，他早就罵人了……這娘娘腔太討厭了。

「你別嘰嘰歪歪的，聽我說完再笑也不遲？」

中年男子也沉聲說道：「不許插嘴，聽他說完。」

「是！」娘娘腔彎了彎腰，然後瞪了一眼甯宸：「說吧，我看你能說出花來？」

甯宸沒理會他，畢竟他是來做生意的，和氣生財嘛！

他清了清嗓子，道：「聽好了……鵝鵝鵝，曲項向天歌，白毛浮綠水，紅掌撥清波。」

那中年男子眼神微微一亮。

娘娘腔嘲諷：「這也叫詩，不就是大白話嘛！」

中年男子卻是擺擺手，道：「好詩！雖然沒有什麼內涵和哲理，但朗朗上口，而且很應景，很適合孩童啟蒙。你這首詩多少錢？我買了。」

甯宸心裡一陣激動，開張賺錢了！

他思索了一會，伸出一根手指：「一兩銀子。」

其實他根本不知道詩什麼價，但一兩銀子，可以給自己置辦一套棉衣了。天太冷了，他都快凍透了。

中年男子卻愣住了：「一兩銀子？」

甯宸以為自己價格開高了，趕緊說道：「大叔，一兩銀子真的不貴，你以後找我買詩，大不了我給你便宜點。」

見中年人皺眉，甯宸繼續裝可憐，道：「大叔，這都快入冬了，你看我還穿著薄衫……實不相瞞，我家裡人都死絕了，只剩我和一名跛腳老奴相依為命，我們已經好幾天都沒吃飯了。」

甯宸說完，肚子也很爭氣，適時地發出「咕嚕嚕」的聲響。

中年男子看著甯宸，道：「走吧，我們換個地方談。」

甯宸怔了怔。

中年男子笑道：「放心，有好處！」

「什麼好處？」

「一會你就知道了……放心，就你這樣，賣了也不值幾個錢。」

這話雖然傷人，但倒也是大實話，甯宸點頭答應了。

中年人帶著甯宸進到狀元樓，來到三樓一間雅致的房間。

「隨便坐，別拘謹！」中年人說完，對娘娘腔說道：「去，準備一些酒菜。」

娘娘腔心不甘情不願地離開了。

中年人走到桌邊坐下，問道：「還不知道你叫什麼名字呢？」

「我叫……藍星。」

甯宸說了個假名字，他可能再也回不去地球藍星了，就以此紀念一下自己曾經的家園吧。

中年人目光微閃，思索著……這京城有姓藍的家族嗎？只怕這少年沒說實話。

「大叔，你叫什麼名字？」

「我？我叫……天玄。」

甯宸笑道：「好名字，天地玄黃，你獨占其二。」

甯宸早就看出此人不簡單，他也看出那個娘娘腔是名太監，這個人應該是皇親國戚，但有些事看破不說破，知道的越多死得越快！

他只是來做生意的，賺到錢就沒事了，其他的並不重要。

「藍星，你剛才說你詩詞歌賦樣樣精通，你還作了哪些詩？」

「大叔，剛才那首詩你買嗎？如果你買的話，後面的詩我算你便宜點。」

天玄點頭：「買，不過那首詩不止一兩銀子。」

「大叔，一兩銀子已經很便宜了，我都沒賺……」

天玄擺擺手，笑道：「我說的是不止，不是不值……剛才那首詩，我願意出十兩銀子購買。」

甯宸嚇呆了：「十兩？大叔，你認真的？」

天玄笑道：「朕……咳……真的！」

甯宸滿臉激動。

「大叔，你簡直就是我的再生父母……你放心，後面你要買詩，我一定給你算便宜點。」

天玄笑著問道：「那你還有什麼詩要賣？」

甯宸誇張地說道：「那可太多了……大叔你想要什麼樣的詩，我就給你寫什麼樣的？」

便在這時，隔壁傳來一陣嘈雜聲。

天玄皺眉，說道：「狀元樓，如此清雅之地，吵吵嚷嚷成何體統？」

剛好，白面無鬚的娘娘腔這時回來了！

天玄隨口問道：「隔壁怎麼回事？」

娘娘腔急忙俯身，恭敬道：「老爺，是陳老將軍醉了酒。」

天玄微微嘆了口氣，說道：「陳老將軍一生戎馬，為國征戰，如今身體殘缺，無法上戰場，怕是心裡苦悶，借酒消愁。」

這陳老將軍，甯宸知道此人，一生戎馬，可惜三年前在戰場上被斬了一條腿，現在退居二線，據說日日借酒消愁。

「藍星，就以陳老將軍現在的苦悶為題，寫首詩吧？」

這甯宸就要撓頭了，有點為難他啊。

娘娘腔滿臉鄙夷：「剛才還大言不慚，說詩詞歌賦樣樣精通，這就難住了？打臉了吧？」

甯宸白了他一眼，看向天玄：「大叔，詩我一時間想不到，詞行不行？」

天玄笑著說道：「詩詞不分家，詞也行！」

「好，那我就以陳老將軍現在的情況作一首詞。」甯宸端起茶水抿了一口，潤了潤嗓子，開口說道。

「醉裏挑燈看劍，夢回吹角連營。八百里分麾下炙，五十絃翻塞外聲。沙場秋點兵。」

「馬作的盧飛快，弓如霹靂弦驚。了卻君王天下事，贏得生前身後名。可憐白髮生。」

等甯宸聲音落下，再看天玄時，只見天玄一臉震驚；就算是一直嘲笑甯宸的娘娘腔，亦是目瞪口呆，兩隻眼睛鼓得像隻癩蛤蟆。

第二章

發財了

天玄一臉震驚地看著甯宸，小小年紀竟有如此文學底蘊！

「看來我大玄皇朝不久的將來要出一位名動文壇的人物了。」天玄不吝誇讚。

就連一直看不上甯宸的娘娘腔，此時也選擇了沉默。他雖然不是很懂詩詞，但甯宸這首詞中的意境，傻子都能聽得出來有多高。

這首詞一出，相信過不了多久就會震驚整座京城。

甯宸憨笑：「我不想出名，我就想吃飽穿暖。」

就在這時，敲門聲響起。娘娘腔走過去打開門。

幾名狀元樓的夥計魚貫而入，手裡都端著托盤，上面是美味佳餚。甯宸看著他們將托盤往桌上擺，忍不住直咽口水。

天玄看了他一眼，笑道：「藍星，坐。」

甯宸試探著問道：「你要請我吃飯嗎？」

天玄點頭。

甯宸實在太餓了，大病初癒，從昨天到現在一口飯沒吃。

看甯宸坐下，天玄道：「吃吧，不用客氣！」

「謝謝大叔，那我就不客氣了！」甯宸餓極了，顧不上禮節開始狼吞虎嚥，大快朵頤。

天玄靜靜地看著他吃，沒動筷子。

看著甯宸狼吞虎嚥，娘娘腔一臉嫌棄：「真粗魯！」

可惜，他和大鬍子連坐的份都沒有，都恭敬地站在天玄身後。

甯宸終於吃飽了，打了個飽嗝。他抬起頭才發現，天玄一口沒吃，有些不好意思：「大叔，你怎麼不吃啊？」

「我不餓！」

「那這半隻燒雞我能打包帶走嗎？」

天玄看著他：「你經常吃不飽嗎？」

甯宸點頭。

「那我讓人重新給你打包一隻。」

「不用了，我打包這半隻就行了。」

天玄也沒勉強，微微點頭，旋即話鋒一轉：「你這首詞打算賣多少錢？」

甯宸想了想：「大叔看著給吧？你都請我吃飯了，我可以算你便宜點。」

天玄思索了一下：「一百兩如何？」

甯宸張大了嘴。

發了，發財了！一百兩銀子，相當於一個三品大員一年的俸祿了！

甯自明是二品大員，每年俸祿一百五十兩。

當然，這只是正常工資，要是加上養廉銀，還有其他福利和灰色收入等，一年收入大概在上萬兩銀子。

一百兩銀子，可以在京城偏僻的地方買間兩進的小院了。

十多分鐘後，甯宸帶著一張一百兩的銀票，還有一兩銀子……對了，還有半隻燒雞。

離開的時候，天玄告訴甯宸，他會隔個三五天來狀元樓一趟，如果有好的詩詞可以來找他。

甯宸離開後，天玄還在想那首詞，忍不住讚嘆：「好詞，真是好詞！」

娘娘腔急忙道：「恭喜陛下、賀喜陛下……這首詞一出，陛下的威望肯定更上一層樓！」

天玄不是別人，正是當今聖上玄帝！

玄帝看了娘娘腔一眼：「你是想讓朕冒名頂替？朕雖然喜好詩詞，但也做不出這種沽名釣譽的事情來。」

娘娘腔看玄帝不喜，嚇得撲通跪倒。

「陛下恕罪！奴才是覺得，這首詞是陛下買來的，那就是陛下的。」

玄帝冷哼一聲，道：「你真的覺得這首詞只值一百兩？這首詞可是千金難求。朕之所以說一百兩，是為那少年考慮……年少羸弱，若是身懷重金，必會招來橫禍。」

娘娘腔急忙道：「陛下仁慈！」

玄帝擺擺手，道：「你去取紙筆來，朕要將這首詞寫出來貼在外面，讓所有人看看……這麼多的文人儒士，竟不如一名少年郎，真是浪費了朕建這狀元樓。」

「奴才遵命！」娘娘腔趕緊爬起來，去取筆墨。

玄帝思索了一下，道：「聶良？」

「臣在！」一臉凶相的絡腮鬍男子單膝跪在天玄面前。

玄帝說道：「你去跟上藍星，查查他的底細。」

「遵命！」

……

甯宸出了狀元樓，來到一家製衣鋪，花了五錢銀子給自己置辦了一身厚衣服，又花了一錢銀子買了雙鞋子。

大玄皇朝有銅錢，一貫銅錢就是一千文，這東西太重了，大家還是喜歡用銀錢，普通老百姓除外。

所以做生意的地方，都有朝廷統一監管的小稱，配備一把大剪刀。用多少銀子就直接剪下來，然後秤一下就好了。

甯宸穿著新衣，拎著半隻燒雞，回到甯府踩著牆角的石頭翻了進去。

剛翻進來，他就看到甯茂帶著家丁正等著他。

「好你個甯宸，果然是個沒人管的野種……翻牆上房，你還有沒有一點教養？」

「父親讓你閉門思過，你倒好，竟敢翻牆出去，若是讓父親知道，我看你……」

甯茂指著他大罵，唾沫橫飛，但他的叫罵聲突然戛然而止。

因為甯宸一句話沒說，只是默默地從牆根下撿起一根手臂粗細的棍子，朝著他走了過來。

甯茂想起甯興被瓷枕破頭，現在還躺在床上養傷。又想起昨晚甯宸讓父親燒死自己的舉動，心裡一陣發毛，嚇得連連後退。

「甯、甯宸，你想幹什麼？」

甯宸冷冰冰地說道：「別害怕，我只是單純地想打爛你的狗頭而已。」

「你……你還敢行凶？父親知道了，你想想自己會有什麼後果？」

甯宸冷冷地說道：「等他知道，你已經死了！大不了殺了我給你償命，有你墊背，我也不虧。」

甯茂突然想起，自己帶著好幾個家丁有什麼好怕的？

「你們還愣著做什麼？給我拿下他！」

幾名家丁手持棍棒，朝著甯宸逼近。

柴叔衝過來護著甯宸，緊張得渾身顫抖。

甯宸怒道：「我看誰敢動我？我雖然不受寵，但也是甯府四公子，豈是你們這些惡奴可以動的？」

幾名家丁愣住了，不敢妄動。

甯宸說得沒錯，主子就是主子，奴才就是奴才，甯宸雖然不受寵，但也是甯府四公子，不是他們能動的。

甯茂大吼：「你們這些狗奴才，他算什麼四公子？在甯府，他還不如一條狗……給我打！出了事我擔著。」

甯宸冷笑：「他是甯尚書的兒子，我出了事，甯尚書是不會將他怎麼樣，但你們這些惡奴，以下犯上，最輕都是杖責三十，想想你們這幾兩賤骨頭，能扛得住嗎？都給我滾開！」

甯宸一聲怒吼，嚇得這些家丁一哆嗦，甯宸隨即掄起棍子朝著甯茂衝了過去。

甯茂嚇得一聲尖叫，扭頭就跑。

甯茂跑得太快了，甯宸沒追上，便返回西院趕走那些惡奴。

甯宸帶著柴叔回到房間，將打包的半隻烤雞送給了他。

柴叔打開油紙包，發現是半隻燒雞，先是一怔，旋即忍不住嚥了口口水。身為下人，月俸很少，勉強餬口而已……一年到頭也沾不了幾次葷腥。

「柴叔，專門帶給你的，快吃吧！」

柴叔連連搖頭：「這麼好的東西，剛好給四公子補身子……你大病初癒，多吃些肉，身體好得快。」

「我已經吃過了，這一半是專門留給你的。帶回去吃，剛好還可以配點小酒。」甯宸態度強硬，不然柴叔是不會要的。

柴叔拗不過，一個勁地道謝：「謝謝四公子，謝謝四公子……」

「柴叔，你就別謝我了。要不是你，我小命都沒了。」

……

而此時，皇宮御書房，玄帝手持一卷書籍，藉著燭光正在翻閱。

娘娘腔在一旁小心翼翼地伺候著，大氣也不敢喘。

就在這時，一名小太監躡手躡腳地走進來。

玄帝抬頭看了一眼：「什麼事？」

小太監跪倒在地，道：「陛下，聶統領求見！」

聶統領，就是那名一臉凶相的絡腮鬍男人。

他叫聶良，是玄帝身邊的帶刀護衛統領，屬於玄帝的親信。

「宣他進來！」

「是！」

小太監起身出去，沒一會聶良走了進來。

「臣聶良，參見陛下！」

「起來說話！」玄帝放下手裡的書籍，問道：「可查清楚了？」

「回陛下，那少年根本不叫藍星，是禮部尚書甯大人的四子，真名叫甯宸。」

玄帝挑眉：「甯宸？」

娘娘腔俯身道：「陛下，要不要派人把他抓來？他好大的膽子，竟敢欺瞞陛下，這可是欺君之罪。」

玄帝冷哼一聲：「他並不知道朕身分，何罪之有？」

娘娘腔不敢再吭聲了。

玄帝皺眉道：「朕怎麼記得甯尚書只有三個兒子？」

聶良俯身作揖，說道：「臣打聽過了……這個甯宸以前流亡在外，是前些年才找回來的。」

「陛下，臣還查到，甯宸在甯家並不受寵，過得並不好，甯尚書也鮮少對外人提起甯宸。」

玄帝思索了一會，道：「朕想起來了，幾年前有人參甯尚書拋妻棄子，但當時正在跟陀羅國交戰，朕焦頭爛額，這事後來就忘了。」

「堂堂甯尚書的四公子，衣衫破舊，如今已快入冬，還穿著薄衣，從他吃東西來看似乎是餓了許久……這已經足以說明問題了。」

「哼，這個甯尚書，平日裡風評不錯，在文壇也小有名氣……沒想到背地裡竟是另一種做派，私德有失。」

娘娘腔俯身，恭敬地問道：「陛下，要不要宣甯尚書進宮？」

玄帝擺擺手，甯自明只是私德有失，就算是真的拋妻棄子，玄帝也不會動他。

朝中，誰是奸臣，誰是忠臣，玄帝一清二楚，但只要他們不做出觸及玄帝底線的事，比如謀逆、藐視皇室這些大罪，玄帝都可以容忍。

因為不管是忠臣還是奸臣，很多時候在玄帝眼裡，他們都是能臣。只要是能臣，還在玄帝的掌控範圍內，玄帝都不會動他們。

甯自明是二品大員，而且向來勤勤懇懇，兢兢業業，做事從無紕漏……玄帝不可能為了一名只有一面之緣的少年，去動一位有能力的大臣。

……

翌日早朝，玄帝高坐龍椅，文武大臣位列兩旁。

其實在皇帝手底下當差挺悲慘的，起得比雞早，睡得比雞晚。

早朝的時候，一般天還都沒亮，大臣們上朝的時候還得餓著肚子。

萬一吃壞了肚子，皇帝在上面說話，你在下面屁滾連天……那真是找死。

而且，官員太多，大殿容納不下這麼多人，很多職位不高的大臣就得站在殿外。

夏天還好，冬天冷風嗖嗖的，等散朝時身子都凍僵了。

「有本早奏，無事退朝！」一尖細的聲音響起。

「陛下，臣有事啟奏，如今已快入冬，陀羅國食物短缺，屢屢劫掠我北方邊境，燒殺搶掠，還請陛下出兵鎮壓。」

「啟稟陛下，臣要參奏吏部尚書縱子行凶，殘害百姓。」

「臣也有事啟奏，甘南地區洪水泛濫，百姓流離失所，食不果腹，請陛下下令開倉放糧，接濟百姓。」

這些事，大臣們已經上過奏疏，玄帝大概都知道，在朝堂上提出來，就是商討如何解決問題。

經過一個時辰的激烈討論，終於解決了這些要事，接下來都是一些雞毛蒜皮的小事，玄帝無心搭理。

玄帝的目光落到一名斷了一條腿的老人身上，也是這朝堂上，除了玄帝以外唯一可以坐著的人。

這名老人，就是戎馬一生的陳老將軍。

陳老將軍也很納悶，自從他缺了一條腿，玄帝就準許他可以不上朝……但昨晚接到口諭，命他今日無論如何都要來上朝。

「陳愛卿昨天在狀元樓可是威風得很吶？」

陳老將軍心裡一跳，昨天他在狀元樓喝醉了，心裡苦悶，撒了酒瘋……沒想到這麼快玄帝就知道了。

他看了一眼那些言官，肯定是這些窮酸腐儒參了他一本。這些言官最是討厭了，就是朝堂上的亂徒。

這些人只注重名譽，根本不怕死！

有時他們敢跟玄帝對著嗆，氣得玄帝胃痛，他們非但不收斂，還會暗中竊喜：「快看快看，他生氣了，他生氣了……」

玄帝也不是沒處死過言官，但這些人死後都落了個忠臣、直臣的美名，讓這些言官可來勁了，紛紛效仿。

這些言官一根筋、執拗、迂腐……上到玄帝，下到九品芝麻官，只要誰做得不對，他們都敢嗆。

對這些人來說，名比命重要。

陳老將軍撐著拐杖，急忙起身想要跪倒請罪，但卻被玄帝制止了。

「陳老將軍，朕知道你心裡苦悶，但狀元樓是文人匯聚之地，你在那裡喝醉出醜，容易被人詬病？」

去他媽的文人，就是這些窮酸天天在背後說他是粗鄙武夫，這才氣得他跑到狀元樓去的。陳老將軍腹誹道。

「老臣知罪！」

玄帝擺擺手：「行了，朕又不是昏君，知道你心裡苦悶，沒有怪你的意思……對了，朕還有一件禮物要送給你！全公公，將詞念給陳老將軍聽。」

全公公就是甯宸嘴裡的娘娘腔，玄帝身邊的紅人，從玄帝是太子的時候就一直跟在他身邊。

全公公小心翼翼地走過去，捧起龍案上的紙張，上面是玄帝的墨寶，寫的正是甯宸賣給玄帝的那首詞。

全公公掃了一眼滿朝文武，然後用尖細的聲音念起昨日甯宸做的詞。

「醉裏挑燈看劍，夢回吹角連營……」

當全公公念完，原本安靜的朝堂就像是平靜的水面投下一顆炸彈，文武百官全都嚇呆了！

尤其是文官，一個個激動的臉色潮紅。身為文人，誰不想有一首絕世佳作，萬世流傳？

武將雖然沒文官那麼有學問，但也能聽出這首詞中的意境。他們眼前好像出現一幅畫面，一位白髮蒼蒼的年邁老將，對著自己封存已久的寶劍苦悶嘆息。

將軍遲暮，美人白髮，都是人生憾事。

「陛下，敢問這首詞乃是何人所作？」翰林院掌院李瀚儒激動地鬍子亂顫，他一定要知道這個人是誰！

他作了一輩子的詩詞，但比起這首詞來，他都不配提筆。

文武百官都一臉希冀地看著玄帝。

玄帝皺眉：「怎麼？這首詞就不能是朕所作？」

眾人不信，玄帝文學修養很高，但這首詞寫的是將軍遲暮的那種無力感，肯定不是玄帝所作。

來。

「陛下深居皇宮，寫不出如此有意境的詞。」一名耿直的言官直接說了出來。

這可把玄帝氣得不輕，差點沒忍住用龍案上的焚香爐砸死他，這些言官真的是太討厭了！

陳老將軍一臉激動，這首詞完美的描述了他現在的心情，可惜他嘴笨，也沒文化，寫這首詞的人，簡直就是他的知音！

「陛下，老臣也想知道這首詞乃是何人所作？」

玄帝淡淡地說道：「這首詞乃是朕偶然所得，作者乃是一位十幾歲的少年郎，名叫藍星。」

滿朝文武再次嚇呆了。

作者是一位十幾歲的少年郎？這怎麼可能！一名少年郎怎麼能寫出如此意境的詞？

但玄帝沒有騙他們的必要。

「藍星」——所有人都將這個名字默默地記到了心裡。

等散朝了，一定要派人找到這位藍星，哪怕是花費重金，也要求他為自己作一首詩詞。

如今這首詩詞一出，不久的將來，陳老將軍必將名滿天下。如果自己能得到一首這樣讚譽自己的詩詞，那必將流芳百世啊。

玄帝緩緩開口：「朕得到這首詞的時候，這首詞沒有詞名……這詞名朕已想好，就叫《贈陳老將軍》。」

「謝陛下！」陳老將軍無法下跪，只能俯身叩謝天恩。

玄帝看了一眼全公公。

「退朝！」全公公尖細的嗓音在大殿裡響起。

散朝後，文武百官三三兩兩的往外走，腳步急促，一邊交流這藍星是何許人也，一邊想著回去就派人找到這位藍星求一首詩詞。

甯自明也是大玄有名的才子，極為喜好詩詞，他也抱著同樣的心思，所以走得很快。

「甯大人，留步！」

甯自明聞聲駐足，回頭看去，只見全公公邁著小碎步正在追趕他。

「全公公！」甯自明俯身作揖，全公公可是玄帝身邊的紅人，滿朝文武就算是左相也不敢怠慢。

「甯大人走得好快啊……陛下召見，隨我來吧！」

甯自明一怔，開始反思自己最近有沒有做錯什麼事？或者有什麼把柄落在了政敵手裡，被參了一本？思來想去，自己最近也沒犯什麼錯？

但他還是有些心虛，悄悄掏出一錠銀子遞過去：「全公公，不知陛下召我所為何事？」

全公公不動聲色的將銀子收進袖子裡，笑著說道：「甯大人別為難我了，我豈敢猜測聖上心思？你去了不就知道了？」

甯自明嘴角微微一抽，心說你這個沒根的東西，收錢不辦事。

兩人來到御書房。

「參見陛下，聖上聖安。」甯自明跪倒行禮。

玄帝自顧自地看書，像是沒聽到。

甯自明也不敢起身，頭都不敢抬，心裡直打鼓，惶恐不安。

過了好一會，玄帝才開口：「甯愛卿，起來吧！」

「謝陛下！」甯自明戰戰兢兢地站起身，弓著腰。

「甯愛卿有幾個兒子來著？」

甯自明一臉愣住，玄帝怎麼突然問起這個了？

他急忙作揖：「回陛下，臣有三……四個兒子。」

他下意識地就想說三個，根本就沒將甯宸當作自己的兒子。

玄帝放下書，淡淡地問道：「到底是三個還是四個？」

甯自明急忙回答道：「臣有四個兒子！」

「甯愛卿，本朝以仁義禮智信治國……朕不去評價你的私德，但畢竟是骨肉血親，朕不喜歡薄情寡義的人。」

甯自明一腦門問號。

「甯宸那孩子很不錯，待他好一些。」

甯自明身子微微一顫，臉色發白……難道有人告發，玄帝知道了他拋妻棄子的事？

玄帝剛才說他不喜歡薄情寡義的人……完了，徹底完了！

甯自明腦子嗡嗡作響，眼前發黑。他撲通跪倒在地，一邊磕頭，一邊求饒：「臣知罪，求陛下開恩，求陛下開恩……」

甯自明嚇壞了，他好像看到了甯家所有人跪在游龍臺上的場景。

游龍臺是專門斬達官顯貴的地方。

玄帝冷冷地看著他，甯自明算是個能臣，他不動甯自明，不代表不會敲打他。

「甯愛卿，朕單獨把你叫來，就沒打算治你的罪。」

甯自明愣住了，以為自己聽錯了。

玄帝淡淡地說道：「甯宸那孩子，朕見過，很優秀。甯愛卿，朕就再給你一次機會，可別讓朕失望……朕失望的後果，你很清楚。」

「還有，甯宸並不知道朕的身分。所以你記住，今日我們君臣之間的談話，朕不想第四個人知道。」

「行了，你下去吧！」

甯自明人都傻了。

陛下見過甯宸？這不可能啊，甯宸自從來到甯家，幾乎都沒出過家門，怎麼可能見到陛下呢？

全公公見甯自明還在發愣，走過去，道：「甯大人，請吧！」

甯自明猛地驚醒，急忙行禮：「臣叩謝天恩，臣告退！」

退出御書房，甯自明才敢擦拭額頭的冷汗，後背冰涼，他的衣衫都被冷汗浸透了。他心有餘悸地看一眼御書房，臉色一陣發白，然後低頭趕緊往宮外走。

……

甯府，甯宸此時正在院子裡扎馬步。

這具身體長期營養不良，加上大病初癒，有些弱不禁風，得好好鍛鍊。如果不是身體不行，昨天就不會讓甯茂跑掉。

甯宸一邊扎馬步，一邊思索接下來的事情。

這甯府終歸不是他容身之所，還是得盡快想辦法離開。照眼下這個情況，他不離開甯府，遲早被常如月母子弄死。

他現在有一百兩銀子，可以在偏僻的地方買間小院。

等一會，甯自明就該下朝了，到時候就去找他攤牌。

甯自明心裡也沒他這個兒子，應該會同意；至於常如月母子，恐怕是巴不得自己離開。

就去西城吧，那裡魚龍混雜，他可以一邊賣詩，一邊做一些這個世界沒有的東西賣。

甯宸正在胡思亂想，甯甘和甯茂帶著幾名手持棍棒的家丁衝了進來。

甯宸一看情況不對，下意識地往牆根退去，那裡是柴火堆，隨手拿根劈柴就是武器。

「大哥，我沒說錯吧？這個野種竟然有錢買新衣服，肯定是偷你的錢。」甯茂指著甯宸說道大吼。

甯甘瞇了瞇眼睛，一臉陰險：「甯宸，我昨天遺失了五兩銀子，可是你偷的？」

甯宸冷冰冰地說道：「甯甘，冤枉人是不是也得找個合適的理由？你昨天丟的銀子，我們昨天連面都沒見過。」

甯甘陰笑，說道：「賊偷東西的時候，怎麼會讓主人知道？你說不是你偷的，那我問你……你哪來的錢買新衣服？」

甯宸冷著臉：「這錢是我自己賺的。」

甯茂嘲諷道：「你一個肩不能扛，手不能提的廢物，怎麼賺錢？我看這錢不是你賺的，是你偷大哥的吧？」

昨天，他被甯宸拎著棍子追得抱頭鼠竄，回去越想越不爽。最後他想到了甯宸的新衣服，將此事告訴了常如月。

常如月為甯茂出謀劃策，所以才有了這一齣。

他們的目得很明確，趁著甯自明還沒下朝，暴打甯宸一頓，扒了他的新衣，看他如何度過這個冬天？

甯宸也懶得再解釋了，這兄弟兩人分明就是來找事的，解釋沒用。

冤枉你的人，遠比你更知道你有多冤枉！所以解釋就是浪費口舌，一點用處都沒有！

他順手抄起一根劈柴，面無表情地說道：「滾出去！」

甯甘冷笑著說道：「果然是有娘生，沒娘教的野種……粗俗無禮，品德敗壞。我是你大哥，你偷我銀子，還敢這樣跟我說話？我今天就好好教訓教訓你。」

「你們，給他長長記性……還有，把他偷我的銀子搜出來。」

幾名家丁手持棍棒，凶神惡煞地朝著甯宸逼近。

甯宸怒道：「狗奴才，我雖然不受寵，但也是甯府四公子，你們敢動我，好好想想後果！」

但他這些話，今天唬不住這些家丁了，他們今天奉的可是夫人的命令。

但現在的甯宸可不是以前的甯宸會任人宰割，他直接將手裡的劈柴砸了出去。

一名家丁躲閃不及，被砸中了胸口，疼得哎呦一聲；另一名家丁還沒反應過來，又一根劈柴飛來砸在他腦袋上，頓時頭破血流。

劈柴亂飛，逼得幾名家丁不斷後退，一時間也奈何不了甯宸。

「你們這些廢物，給我上，上啊！」甯茂大罵，暴跳如雷。

柴叔正在屋子裡忙活，聽到動靜，一瘸一拐的走出來。看到幾名家丁手持棍棒，朝著甯宸逼近，一下子就慌了，大喊道：「你們想幹什麼？他可是四公子，你們不能這樣對他。」

甯茂一個健步衝過去，一腳將柴叔踹翻在地，對著他拳打腳踢。

「你這條老狗，挺護主啊！你是不是忘了誰才是你真正的主人？讓你亂吠，讓你狗叫！明天我就讓母親將你趕出府去。」甯茂一邊拳打腳踢，一邊大罵。

「柴叔！」

甯宸心急如焚，一時分心，被一名家丁抓住機會，衝到甯宸面前，一棍子砸在了他腿上。

甯宸身子一矮，整個人摔倒在地。主要是這具身體太虛弱了，腦子反應過來了，身體跟不上節奏，不然他可以輕鬆躲開。

甯甘大吼：「給我打，拚了命打！」

幾名家丁掄起棍棒往甯宸瘦弱的身體上招呼。

甯宸雙手護頭，縮成一團，任由雨點般的棍子落在身上，一聲不吭。

「讓開，讓我來！」甯茂丟下柴叔，朝著甯宸走來。

家丁停了下來。

甯茂一臉囂張的走到甯宸面前，蹲下身子，用手拍著甯宸的頭：「甯宸，你再囂張啊？起來拎著棍子追我啊？」

誰知甯宸突然抓住他的手臂，一口咬了上去，雖然隔著衣服，但甯茂還是感覺到了鑽心的疼痛，發出殺豬般的慘叫！

「你們還愣著幹什麼？救人啊。」甯甘最先反應過來，大聲咆哮。

幾名家丁手忙腳亂的想要分開兩人，但甯宸就像是一頭凶獸，撕咬著甯茂的手臂不鬆口。

「大公子，拔不開啊。」一名家丁急得滿頭大汗。

「廢物，給我打，打到他鬆嘴。」

幾名家丁開始對著甯宸拳打腳踢，過了好久，甯宸終於鬆嘴了，因為他被打得昏死了過去。

甯茂疼得渾身顫抖，拉起袖子一看，手臂上的肉差點被咬下來，鮮血直流。幸虧隔著衣服，不然這塊肉就真的要被咬掉了。

「這個野種竟然敢咬我，給我打，打死他！」甯茂狀若瘋狗，大聲咆哮。

幾名家丁正要動手，卻被甯甘攔住了。

「不能再打了，再打要出人命的，怕父親回來不好交代！你們把他的衣服扒了，他現在這種情況，怕是熬不了幾天。」

幾名家丁動手將甯宸的新衣扒了下來。

「大公子，你看這個。」一名家丁發現了銀票。

甯甘接過去一看，不由得一驚：「一百兩？」

甯茂也湊過去看了一眼，驚呼道：「這野種怎麼會有這麼多錢？」

甯甘目光微閃，臉上露出貪婪之色：「我想起來了，我丟的不是五兩銀子，剛好是一百兩。」

甯茂也明白了過來：「對，大哥丟的是一百兩……這個野種竟敢在府中偷錢，死有餘辜！」

甯甘看了一眼只穿了褻衣褻褲，躺在地上昏迷不醒的甯宸，冷冷一笑：「我們走！」

他們剛轉身準備離開，就看到甯自明從院外走了進來。

第三章

這是要他老命啊

甯自明剛回府，就聽到西院一片嘈雜，所以過來看看，可當他看到鼻青臉腫、昏迷不醒的甯宸，臉色陡然一變。一股寒意順著甯自明的尾巴骨直衝後腦勺，讓他一陣眩暈。

玄帝剛警告過他要善待甯宸，現在就出了這檔子事，這不是要他老命嗎？

如果這件事讓玄帝知道了，不止是他，這裡的人有一個算一個，誰都別想好。

「父親，你可算是回來了……這個甯宸越來越過分，前兩天打傷二哥的頭，今天又偷大哥的銀子。」

「我們來找他對質，他非但不承認，還出手傷人……你看我的手臂，都被他咬傷了。」

「父親，你可要替我做主啊！」

甯茂立刻哭訴，這招他沒少用，屢試不爽。但這次他這招不管用了，甯自明轉身，一巴掌狠狠地抽在他臉上。

甯茂一個沒站穩，直接摔倒在地上。

甯甘嚇呆了，一群家丁也嚇呆了。

甯茂感覺臉上火辣辣地疼，他捂著臉，難以置信的看著甯自明。他不敢相信，父親竟然會打他？

「混帳、混帳東西……血脈至親，你們竟然下如此毒手，我怎麼會生出你們這麼狠毒的兒子？」甯自明氣得手指顫抖，指著甯茂大罵。

一想到玄帝知道這件事的後果，他忍不住又踹了甯茂一腳。

甯甘一臉錯愕，甚至懷疑父親是不是吃錯藥了。

「父親息怒！這件事不怪我們，是甯宸偷盜在先，又出手傷人，你看看這些家丁，還有三弟的手臂，都是甯宸……」

甯甘的話無疑是火上澆油，話還沒說完，甯自明上前狠狠地給了他一巴掌。

甯甘人都被打愣了，捂著臉，眼神呆滯。父親是最寵他的，從小到大都沒碰過他一指頭，今天竟然為了甯宸打他？

「混帳、混帳……不知死活的東西，還在狡辯？你想死不成？」甯自明怒吼。

玄帝剛剛警告過他，轉眼甯宸就被打得昏死了過去，這是明知故犯，挑釁天威！

若是玄帝震怒，左相也保不住他。

「你們這些惡奴，竟敢對主子動手，好好好……這個家還有沒有家法了？來人，給我把這些惡奴帶下去，每人杖責三十，趕出府去。」甯自明暴跳如雷。

「老爺饒命！」

「老爺饒命，老爺饒命啊……」

「大公子救我，大公子救我……」

剛才動手的幾個家丁嚇壞了，跪地磕頭求饒。

三十杖，說起來簡單，但沒幾個人扛得住。那些刑杖，可都是實木製成，上面凹凸不平……別說三十，普通人能抗住十棍就不錯了。

三十杖，不死也得重傷。

院外立刻衝進來另一群家丁，將對甯宸下手的那些家丁拖了下去。

「來人，快把甯宸抬到東廂房，還有，馬上把大夫找來，快去！」

東廂房才是主人該住的地方，西院是下人住的。

甯宸被抬走了，甯甘和甯茂捂著臉面面相覷，眼神裡充滿了不可思議。

「大哥，父親是瘋了嗎？他怎麼會向著甯宸那個野種？」

「父親打我就算了，可他一向最寵愛大哥，竟然連你都打？」

甯甘此時也是一腦門問號，他甚至懷疑這個父親是不是假的？

「父親不會無緣無故這樣做？必有緣由……走，去找母親！」

「哥，我手臂痛。」

「忍著，剛好讓母親看看。」

兄弟兩人捂著臉去找常如月了。

……

東廂房，甯宸依舊處於昏迷當中。

「大夫，我兒沒什麼大礙吧？」

大夫俯身作揖：「甯大人，公子的情況不是很樂觀，外傷好醫，但斷了兩根肋骨，且得養一段時間。」

「還有，公子長期營養不良，氣弱體虛，怕是恢復的時間要比一般人更久。」

甯自明眉頭緊皺。

「大夫，一定要盡力醫治，用最好的藥。」

大夫點頭：「甯大人放心，我會盡力醫治，一會我開張藥方，勞煩甯大人派人跟我去取藥。」

「不過甯公子氣弱體虛，這段時間得好好補補身體，這樣對他的傷勢恢復大有益處。」

甯自明點頭，對身邊的甯府管家吩咐道：「吳管家，一會你親自跟大夫去取藥。」

「是！」

吳管家是個皮膚白皙的胖子，來甯府很長時間了，深得甯自明信任。但此時吳管家也是一腦門問號，老爺怎麼對甯宸突然這麼好了？

甯自明又道：「對了，吩咐廚房，選一隻上好的老母雞，燉好湯送來。」

「是，老爺！」

甯自明思索了一下，再次說道：「還有，通知下去，今日之事，誰若敢外傳，別怪我不客氣！」

「大夫，今日之事還請保密。」

大夫急忙俯身作揖：「甯大人放心，小民明白！」

甯自明揉揉眉心，這件事絕對不能讓玄帝知道，不然他這個尚書是做到頭了。

與此同時，常如月正帶著甯甘兄弟兩人朝著東廂房趕來。

甯甘和甯茂回去後添油加醋的將事情說了一遍，常如月雖然心裡充滿了疑惑，但看到甯甘和甯茂臉上的巴掌印，還有甯茂手臂上差點被咬掉一塊肉，再也忍不住了，她必須找甯自明問清楚。

甯自明看到常如月，更頭痛了。

如果常如月只是他的夫人，倒也沒什麼，可常如月還是左相之女，他能坐到今天的位置上多虧了左相。

「老爺，妾身不明白，是甯宸偷盜在先，傷人在後，錯完全在他……就算老爺要袒護他，也不能不分青紅皂白吧？」

「你看看茂兒的手臂，差點被他生生咬下來一塊肉，他可是你的親生兒子，難道你就不心疼嗎？」

常如月一邊控訴，眼淚不停往下掉。

作為一名聰明的女人，她知道不能表現的太強勢，質問的同時要打感情牌，裝柔弱才是上策。

「夫人，並非妳想的這樣，妳可知……」

甯自明話到嘴邊又嚥了回去。他想起了玄帝的話，今日的談話不許第四個人知道。玄帝雖然有仁君之名，但該下手的時候從不手軟。

去年有戶部尚書喝醉了酒，洩漏了玄帝的話，結果被滿門抄斬，所以甯自明現在有苦難言。

「夫人，很多事情我現在也沒弄清楚……妳先帶茂兒下去包紮一下，以後妳會明白我為什麼這麼做的。」

「我現在只能告訴妳，甯宸的生死攸關著我甯家的存亡。」

常如月母子，聽到此話。頓時滿臉震驚。

……

甯宸醒來，發現自己在一間陌生的房間。

柔軟的床鋪，華麗的陳設，這房間可比他的小破屋好太多了，難道自己二次穿越了？

「醒了？」甯宸聞聲扭頭看去，結果這一動牽扯到了身上的傷，疼得悶哼一聲。

但他更多的是驚訝，因為站在床邊的人竟然是甯自明。

「吳管家，宸兒醒了……去把熬好的藥跟雞湯都端來。」甯自明朝著門外喊道。

甯宸一臉傻眼，是自己腦子被打傻了？還是在做夢？尤其是甯自明這聲「宸兒」，讓他起了一層雞皮疙瘩。

「宸兒，怎麼樣，好點了嗎？」甯宸伸出手，想要掐一下自己的臉，看看是不是在做夢？但他猶豫了一下，朝甯自明招了招手。

甯自明怔了一下，以為甯宸有什麼話要說，下意識的湊近。

結果，甯宸一把抓住他的鬍子，狠狠地拽了一下，硬生生地扯斷好幾根。

甯自明疼的倒吸一口冷氣，下意識的抬手就要給甯宸一巴掌，但手舉起來又放下了，可還是忍不住怒道：「逆子，你在做什麼？」

「不是做夢！」甯宸嘀咕了一句，然後看著甯自明，反問道：「你在做什麼？」

甯自明努力壓制住自己的怒意，說道：「甯宸，我們都是一家人，你兩個哥哥也不是故意要傷你……我已經教訓過他們了，正所謂家醜不可外揚，這件事就到此為止吧。」

甯宸一腦門問號，這甯自明是腦袋被常如月的大腿夾壞了，還是腦子打鐵了？

事出反常必有妖，甯宸一臉警惕地盯著他：「甯尚書，你到底想要幹什麼？」

「逆子，我是你爹，你連一聲父親都不叫嗎？」

甯宸冷笑：「父親？千萬別……甯尚書這樣的父親我可高攀不起，會沒命的。甯尚書，直接說吧……你到底想要幹什麼？」

甯自明怒不可遏，但又不得不壓制著心裡的怒意。

「宸兒，家裡兄弟打鬧是常有的事……為父覺得家醜不外揚，這件事就此作罷！」

甯宸目光微閃，甯自明為什麼一再強調家醜不外揚，他好像很忌諱別人知道這件事，雖然一時間想不通原因，但這點可以利用。

「甯尚書，你還是叫我甯宸聽著順耳一些……別再叫我宸兒了，聽著實在噁心，不知道的還以為你我父子感情很好呢？」

甯自明養氣的工夫不錯，但此時也是被氣得臉色發青。

甯宸繼續說道：「甯尚書，我知道你不喜歡我……巧了，我也不是很喜歡你。」

「逆子，我是你父親，你敢這樣跟我說話！大逆不道，簡直大逆不道！」

甯宸嘆口氣，眼神寡淡，說道：「甯尚書，這裡又沒別人，無需惺惺作態？你接我回甯家，原因你我都心知肚明。如果你真有一點良心，希望你顧念我們之間那點可憐的血脈之緣，就放我離開甯府。」

甯自明臉色微變：「你要離開甯府？」

「是，還望甯尚書高抬貴手，放我一馬。」

「甯宸，你肩不能扛，手不能提，文不成武不就……離開甯府，你會餓死在外面。」

甯宸深深地看了他一眼：「甯尚書，這就不勞你操心了！我就算是餓死，也不會髒了你甯家這方貴寶地。」

甯自明臉色鐵青。

甯宸絕對不能離開甯府，如果玄帝知道，龍顏震怒……他有十條命也得死。

便在這時，敲門聲響起。

「進來！」

吳管家端著一個托盤進來，上頭放著一碗藥、一碗湯。

甯自明強壓怒火，說道：「甯宸，你剛醒，思維還不清楚，有事以後再說……先把藥喝了，傷好得快。對了，我讓人熬了雞湯，給你好好補補身子。」

吳管家來到床邊：「四公子，老奴伺候您喝藥。」

甯宸扭頭看了一眼：「這裡面下毒了吧？」

吳管家急忙道：「四公子真會說笑……其實老爺對四公子很關心，只是不善表達而已。您昏迷的這段時間，老爺一直守在床邊，寸步未離。」

甯宸冷笑，沒有一絲感動。

他太了解甯自明了，這是個薄情寡義之輩……至於守在床邊寸步未離，肯定不是擔心他，而是別有目的。
「柴叔怎麼樣了？」
吳管家急忙道：「柴叔無恙，四公子放心！」
甯宸冷笑，柴叔年紀大了，被甯茂拳打腳踢，怎麼可能沒事？
「四公子，老奴伺候您喝藥吧？」
甯宸沉默不語。
見甯宸遲遲不肯喝藥，吳管家只能自己先喝了一口：「四公子這下放心了吧？」
甯宸面無表情，嗯了一聲，旋即說道：「換個勺子。」
這個勺子吳管家用過了，他嫌噁心。
這吳管家也不是什麼好鳥，頓時臉色一沉，但很快就換上了一副笑臉：「好，老奴這就去換！」
吳管家換了個勺子，餵甯宸服下藥以後，又餵他服下雞湯。
甯自明開口：「走吧，我們出去，別打擾宸兒休息！宸兒，你好好休息，明早為父再來看你……還有，吳管家就守在門外，有事你可以叫他。」
甯宸沒說話，閉上了眼睛，他實在不想看甯自明這張虛偽且令人作嘔的臉。
甯自明冷哼一聲，拂袖而去。
甯自明離開後，甯宸睜開了眼睛……他在想，甯自明今天態度反常，到底為了什麼？

但可能是因為吃了藥的緣故，他想著想著，不知不覺睡著了，這一覺一直睡到第二天早上。

甯宸感覺氣力恢復了不少，就是斷裂的肋骨疼得厲害。

他掙扎著坐起身，伸手去夠床下的尿壺……沒辦法，膀胱都快炸了。

就在這時，門被從外面推開，吳管家走了進來。

「四公子醒了？」

甯宸怒道：「滾出去，跟了甯尚書這麼久？一點規矩都不懂，不知道先敲門嗎？規矩都學到狗身上去了。」

吳管家臉色一沉。

要是之前，他早就想辦法整治甯宸了，但現在他不敢，老爺突然對甯宸很用心，他可不敢造次。

這就是什麼樣的人養什麼樣的狗，狗隨主人。

甯宸之所以對吳管家沒個好臉色，是因為這條老狗沒少幫著常如月母子欺負他。

「四公子莫要動怒，老奴這就出去，這就出去……」吳管家低著頭，陪著笑臉，但眼神裡卻滿是怨恨，灰溜溜地退了出去。

不一會，屋內再次有聲音傳來：「吳管家，進來！」

甯宸放鬆了快要爆炸的膀胱，然後將吳管家喊進來。

吳管家低眉順眼地走進來，身後還跟著一名清秀的小丫鬟，端著藥碗。

「四公子，藥熬好了，不知道還有別的吩咐嗎？」

甯宸忍著痛，半靠在床頭，說道：「去，把尿壺給我倒了。」

吳管家抬頭看著他，面皮抽搐。

「怎麼，難道讓我自己倒？」

吳管家急忙道：「不敢，老奴這就去倒。」

他走過來，滿臉厭惡地拎著尿壺往外走，眼神陰鷙。

甯自明突然對甯宸態度大變，他也不敢跟以前一樣隨意欺負甯宸。

但絕對不能讓這野種受寵，不然他以後怕是沒好日子過了……吳管家心裡惡狠狠地想著。

小丫鬟盡力壓著唇角，生怕自己笑出聲來。

這吳管家平時沒少欺負她們這些下人，占丫鬟便宜，剋扣她們的工錢，但大家都敢怒不敢言……今日終於有人治他了，太爽快了。

小丫鬟餵甯宸剛吃完藥，吳管家端著一個托盤進來。

托盤中是早點，一碗稀飯、幾顆包子、一碟鹹菜，還有兩顆水煮蛋。

吳管家將托盤放在床邊的圓凳上，道：「四公子，老奴伺候你吃飯吧？」

甯宸看著他，吳管家滿臉諂笑。

甯宸也笑了起來，伸手抓過兩顆雞蛋，說道：「我沒什麼胃口，這兩個雞蛋夠了……剩下的吳管家幫我吃了吧。」

吳管家的臉色一僵。

他為了報復甯宸讓他倒尿壺，剛才悄悄往稀飯裡吐口水，還用倒過尿壺的手捏過幾顆包子，並且在稀飯裡攪了攪；那碟小鹹菜，他還往裡面加了鞋底的土。

唯有雞蛋他無從下手，可甯宸偏偏就挑了兩顆雞蛋……難道甯宸知道他做了什麼？吳管家一陣心虛。

甯宸微微瞇起眼睛，盯著吳管家，觀察著他的反應。見他眼神飄忽不定，就知道自己猜對了，這早餐裡肯定加了別的佐料。

他之所以只拿了兩顆雞蛋，是雞蛋需要剝殼，吳管家沒辦法使壞。

「這是四公子的早餐，老奴沒資格享用……四公子沒有胃口，也得多吃點，這樣傷好得快！」

甯宸一邊檢查著手裡的雞蛋有沒有裂痕，如果有，他是不會吃的，一邊隨口說道：「吳管家，這是我賞給你的，把盤子裡的東西吃光，一口都不許剩。」

吳管家連連搖頭，道：「老奴謝謝四公子，其實老奴吃過早餐了，實在吃不下了。」

甯宸一邊剝雞蛋，一邊笑著問道：「吳管家，你說我們誰是主人？誰是奴才？」

「當然是四公子是主人，老奴是奴才。」
「說得好！那奴才該不該聽主人的？」
吳管家急忙道：「奴才當然要聽主人的。」
「好，那我現在命令你，把盤子裡的東西吃光……你不吃，就是違背主人命令，按家法杖責二十。」
吳管家臉都綠了。
甯宸臉色一沉，厲聲道：「還不快吃？」
吳管家嚇了一跳，急忙道：「我吃，老奴這就吃……」
他捏起一顆包子，滿臉為難。早知道就不往裡面加料了，真是搬起石頭砸自己的腳。
就在吳管家左右為難的時候，甯自明走了進來。他應該是剛下朝，身上還穿著官服。
「宸兒，今天感覺好些了嗎？」甯自明滿臉笑容，宛如一位慈父。
甯宸卻突然覺得有些反胃，手裡的雞蛋瞬間不香了。
「老爺回來了？四公子剛剛喝完藥，氣色好多了……你們聊，老奴先退下了。」
「吳管家，東西還沒吃呢。」
甯宸指了指托盤，老東西還想開溜？門都沒有。

吳管家哭訴：「老爺，老奴已經吃過早餐了，可四公子說他沒胃口，非得讓老奴把這些全吃了……老奴實在是吃不下了啊。」

甯自明看向甯宸，滿臉關心：「宸兒，你有傷在身，多吃些東西好得快！」

「我飯量小，兩顆雞蛋足夠了……剩下的讓吳管家吃了吧，別浪費。」

甯自明竟然點頭，道：「宸兒飯量小，那吳管家把剩下的吃了吧。」

吳管家人都傻了，哭喪著臉：「是！」

甯自明的話他不敢不聽。

「那老奴端下去吃！」

甯宸適時開口：「不用，就在這裡吃，看著別人吃飯是一種享受。」

吳管家知道自己跑不掉了，只能強忍著噁心開始吃了起來，那表情比甯宸吃藥還痛苦。

甯宸嘴角微揚，看向甯自明：「甯尚書剛下朝，還沒吃東西吧？要不要吃點？」

甯自明微微一怔，看了一眼吳管家，目光一閃，然後搖了搖頭。

吳管家強忍著噁心吃完了盤子裡的東西。

「老爺，四公子，那老奴下去了！」

甯自明揮揮手。

「等等！」甯宸卻突然喊住了他：「吳管家，說謝謝！」

吳管家氣得差點把後槽牙咬碎，但還得裝出一副笑臉：「多謝四公子賞賜！」

「不客氣！吳管家照顧我辛苦了，再有好吃的，我給你留著。」

吳管家面皮抽搐：「謝謝四公子，老奴告退！」

吳管家出來，直接衝向花壇哇哇吐了起來。

甯宸看向甯自明：「甯尚書剛剛下朝就過來了，是不是有什麼好消息要告訴我？比如允許我離開甯府？」

甯自明臉色一沉：「宸兒，縱使我這些年對你疏於照顧，但我終歸是你的父親，血濃於水，為父怎麼忍心看著你流落街頭？所以，這件事以後別提了。」

「那甯尚書來做什麼？難道是想看看我死沒死？」

甯自明大怒：「逆子，你能不能好好說話？非得這麼陰陽怪氣，我是你父親，你可知道孝順二字？」

甯宸嗤嗤的笑了起來。

「甯尚書真風趣，以前我小心翼翼，對你們百般討好，院子裡的狗咬了我，我還得跟狗道歉……請問你們誰正眼看過我？」

「甯尚書現在想要一個孝順的兒子，是不是有點晚了？那個逆來順受的甯宸已經死了。」

甯自明臉色鐵青。

「宸兒，為父身為朝廷二品大員，公務繁忙，的確對你疏於照顧，為父以後肯定會好好彌補你。我知道你心裡有怨氣，但你也要體諒為父的不易。」

甯宸心裡冷笑，體諒你什麼？體諒你拋妻棄子，薄情寡義？還是體諒你枉為人父，對自己的兒子不聞不問？

甯自明見甯宸沉默不語，以為自己的話打動了甯宸。畢竟只是個孩子，哄哄就好了。

「宸兒啊，你最近有沒有見過什麼人呢？」

甯宸微微一怔，不明所以。

「甯尚書，自從我來到甯家，門都沒出過幾次……最近不是生病就是重傷，見到的人就這麼幾個？不知道甯尚書問得是誰？」

甯自明更疑惑了，這也是他不解的地方。甯宸連門都沒出過幾次，怎麼會認識陛下呢？

甯自明也不敢挑明了問，只能含糊其辭的說道：「我說的不是家裡人，是陌生人。」

甯宸冷笑：「家裡人都沒認全，上哪認識其他人去？」

甯自明心裡更奇怪了，但他又不好直接問。

甯宸看著他，道：「甯尚書，既然你不允許我離開甯府，但另一件事我必須追究到底。」

「什麼事？」

「甯甘搶走了我一百兩銀子。」

甯自明皺眉：「你哪裡來的一百兩銀子？」

「這你就別管了，甯甘的確搶走了我的銀子，還望甯尚書能讓他還給我。」

甯自明臉色變得鐵青：「宸兒，為父答應補償你……但你這些惡習也得改，汙衊兄長，品行不端，我也不會輕饒。」

甯宸眼神冰冷地看著甯自明，旋即，自嘲地笑了笑，道：「我就知道會是這樣。甯尚書，你就當我什麼都沒說，我乏了，甯尚書請回吧！」

甯宸很清楚，那一百兩銀子是要不回來了，但他還是抱著一點希望。

可惜自己高估了自己在甯自明心裡的位置，他還是那個薄情寡義的甯自明……若他心裡顧念一點親情，也會調查一下，而不是不分青紅皂白的直接指責自己。

甯自明冷哼一聲，他到現在都覺得甯宸性格大變只是一種策略，想要用這種方式引起他的注意。

殊不知，他這種大逆不道的行為只會讓自己更厭惡。

如果不是玄帝，他連看都懶得看甯宸一眼。

甯自明鐵青著臉，拂袖而去。來到門口，吳管家點頭哈腰地迎了上來。

「老爺，早餐給您準備好了！」

因為上朝前不能吃早餐，所以他們都是下朝再吃。

甯自明冷著臉，道：「吳管家，你跟了我多久了？」

吳管家想了一下，急忙點頭哈腰的說道：「老奴追隨老爺有十幾個年頭了。」

「追隨我這麼久？應該了解我的心思……吳管家，甯宸終歸姓甯，我不希望有人再搞小動作。」

「你永遠記住，主人就算不受寵也是主人，奴才就是奴才……以下犯上，甯府容不得這樣的人。」

「吳管家，以後給甯宸的飯菜，要營養、乾淨！」

甯自明說完，背著手離開了。

吳管家愣在原地，老臉發白，冷汗直冒。他很明白，甯自明是在敲打他。

老爺怎麼知道我在甯宸的早餐裡加了佐料？

殊不知，甯自明久經官場，能走到今天這一步，除了左相幫襯，自身能力也很強。

甯宸逼著吳管家吃東西，他豈會看不出端倪？

當然，他敲打吳管家，並不是為了甯宸，而是為了維護自己的威嚴……一個奴才敢欺辱姓甯的，那就是在打他的臉。

而此時的甯宸，也發現了一些甯自明如此反常的端倪，因為甯自明問他最近有沒有見過外人？

這幾天，除了府中的人，他見過的就只有天玄了。

那位天玄身邊跟著太監，肯定是皇親國戚；天玄氣度不凡，甯宸懷疑他是福王，福王可是當今陛下唯一一個居住在京城的弟弟。

甯自明對自己態度大變，難道跟福王有關？

但這說不通啊，他當時用了個假名字，天玄不知道自己的真實身分，可或許他可以派人跟蹤調查自己。

儘管如此，他也沒必要為了自己去敲打甯自明。

況且福王只是個閒散王爺，沒有實權，雖然是皇親國戚，但甯自明背後是位高權重的左相，完全不用害怕福王。

甯宸揉揉眉心，或許甯自明對自己態度大變還有別的原因，算了，先不管這些了，好好養傷，然後想辦法離開甯府。

甯自明只是無視他，真正對他有威脅的是常如月母子。

常如月母子背後可是左相，那可是一人之下萬人之上的人物。

不離開甯府，自己勢單力薄，遲早被弄死。

……

一晃一個月過去了，甯宸的傷勢好得差不多了，這陣子伙食不錯，他人也胖了些，氣色紅潤。

其實他第七八天的時候就能下床了，還去看了柴叔，好在柴叔沒事，不然他跟甯茂沒完。

甯宸決定繼續賣詩賺錢。

那一百兩被甯甘搶走了，要也要不回來了，但他離開甯家的心思沒變，為了自己的小命，必須離開。

可看甯自明的態度，是不會輕易放自己離開……牒籍不知道被這老小子藏哪裡了，他昨天悄悄去甯自明書房找過，但沒找到。

不過就算有牒籍，也得等十六歲才能離開，這幾月努力賺錢，到時候離開甯府也不用吃苦。

甯宸再次翻牆而出，離開甯府直奔狀元樓。

希望自己運氣好，今日能碰上天玄，因為天玄出手大方。

如今天氣越來越冷了，甯宸緊了緊身上單薄的衣衫。

也不知道是甯自明忘了，還是常如月背後搞鬼……這陣子他吃得好喝的好，唯獨沒給他置辦一身厚衣服。

之前買的新衣服被甯甘帶人搶走了，他只能穿以前的薄衫一路小跑著來到狀元樓。

狀元樓依舊很熱鬧，人來人往，甯宸四下環顧尋找天玄的身影。

如果找不到天玄，只能把詩賣給別人了……那肯定賣不上好價錢。

就在甯宸尋找天玄的時候，一名白面無鬚的男子邁著小碎步來到他身後。

「藍公子，可算是見到你了。」

甯宸回頭看去，滿臉欣喜，是娘娘腔。

現在他一點都不覺得娘娘腔討厭，反而有點可愛。

因為娘娘腔在，證明天玄也在……今天又可以賺一筆了。

全公公見甯宸衣衫單薄，凍得瑟瑟發抖，忍不住嘴賤道：「你還真是鐵公雞，一毛不拔。賺了那麼多銀子，都不捨得給自己置辦一身厚衣衫？」

甯宸現在可沒心思理會他的嘲諷，無奈道：「別提了！是買了一身厚衣裳，可衣裳和銀子都被人搶了。」

全公公臉色大變。

那銀子算是御賜之物，敢搶奪御賜之物，這可是殺頭的大罪，誰活得不耐煩了？

「被人搶了？誰做的？」

「家裡的一條惡犬，算了……跟你說有什麼用？大叔在嗎？要不要買詩？」

全公公點了一下頭：「跟我來！」

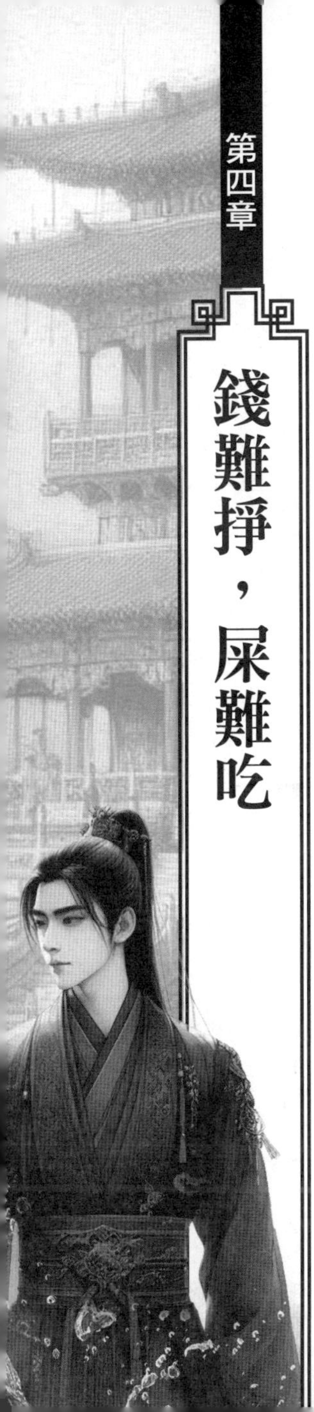

第四章

錢難掙，屎難吃

甯宸跟著全公公來到上次的包廂。

一進門，發現除了天玄，還有一名缺了一條腿的老人。

甯宸雖然第一次見，但第一時間就猜出了對方的身分，陳老將軍。

「大叔，又見面了。」甯宸上前，作揖行禮，然後對陳老將軍鄭重地行了一禮：「小民藍星，見過陳老將軍！」

雖然是第一次見，但甯宸曾為軍人，所以他對這位戎馬一生的老將軍特別尊重。

「你就是藍星？」陳老將軍有些激動，上下打量著甯宸，旋即皺眉：「天氣寒冷，怎麼穿得如此單薄？」

甯宸苦笑，道：「一言難盡！」

見甯宸不想多說，陳老將軍也沒追問，而是好奇地問道：「你怎麼知道老夫的身分？莫非以前見過？」

「小民是第一次見陳老將軍，但陳老將軍的英雄事蹟，我可是從小聽到大，心中的敬仰之情猶如滔滔江水連綿不絕。」

甯宸臉不紅心不跳，一記猛烈的馬屁拍了過去。

這位可是陳老將軍，連當今陛下都對他禮遇有加，如果能抱上他的大腿，好處多多。

陳老將軍對甯宸的馬屁很受用，發出一陣爽朗的笑聲，中氣十足。

「老夫還要謝謝你的那首詞，英雄出少年啊，這般年紀竟能寫出這種曠世之作，了不得！」陳老將軍對甯宸的印象很好，不吝誇讚。

甯宸謙虛地說道：「陳老將軍謬讚了，小民愧不敢當。跟您比，猶如螢火對皓月。」

「哈哈哈……這小子，嘴真甜！而且面對老夫，不卑不亢，要是老夫年輕時遇到你，定要帶你上戰場。」

甯宸急忙道：「其實小民從小的夢想就是身披戎裝，上場殺敵，為國爭光……為此我曾苦讀兵書，研習兵法。」

這話甯宸都沒說謊，他很懷念跟戰友們並肩殺敵的日子。

「你還研習過兵法？」玄帝有些驚訝。

甯宸謙虛地說道：「實不相瞞，我十二歲才開始啟蒙，求知若渴，日夜苦讀……也只有偶爾才研究兵法，只能說略懂。說真的，我這點微末伎倆，在陳老將軍面前，根本不值一提。」

陳老將軍下意識的問道：「你今年多大？」

甯宸微微躬身，道：「還有幾個月就十六歲了！」

玄帝等人滿臉震驚。

玄帝忍不住道：「還不到十六歲，那就是說，你讀書滿打滿算也就三年……三年就能寫出這種曠世之作？你是怎麼做到的？」

甯宸有些不好意思地說：「可能我就是所謂的曠世之才吧？」

玄帝和陳老將軍嘴角微微抽搐了一下。

「你這小子，還真不謙虛啊！」

甯宸笑著說：「過分謙虛就是虛偽了。我也就詩詞能拿得出手……大叔、陳老將軍，買兩首詩吧？算你們便宜點。」

甯宸感覺自己像是賣火柴的小女孩，只是為了不挨凍受餓。

看來每個世界都一樣，錢難掙，屎難吃。

玄帝擺擺手，道：「先不急，你剛才說你對兵法也略有研究……那我可得考考你，看你是不是吹牛。若是說得好，不會虧待你。」

他想看看，甯宸除了詩詞，能不能在別的地方給他帶來驚喜？

甯宸眼神微微一亮，笑著說道：「大叔，你這是為難我啊？」

「怎麼，怕了？」

「倒也不是怕，只是若我說得不對，大家就當聽一樂，千萬別影響我們做買賣。」

玄帝嘴角微微抽搐，原來是擔心自己不買他的詩詞？不過這小子怎麼回事？天寒地凍，穿得如此單薄？

剛才陳老將軍問的時候，這小子一臉憤懣苦澀，看來他身上肯定發生了什麼事，看來回頭得讓人查查。

「藍星，最近陀羅國的騎兵屢屢騷擾我大玄邊境，劫掠百姓……雖然我們已經派兵駐守，但陀羅國以遊牧為生，他們的戰馬速度很快，來無影去無蹤。」

「所以，等我大玄的將士得到消息趕到的時候，陀羅國的兵馬已經撤了……你可有辦法？」

甯宸搖頭。

天玄有些失望：「沒有辦法嗎？」

「不是沒有辦法，是不能說……大叔，這可是朝政，妄論朝政是要殺頭的。」

天玄怔了怔，笑道：「放心大膽地說，陳老將軍在此，你怕什麼？」

陳老將軍也笑著說道：「有什麼想法，儘管說，老夫保證你沒事！」

甯宸猶豫了一下，這個天玄能跟陳老將軍一起，說明身分很高……看來他的確是福王。

福王和陳老將軍為自己作保，那議論朝政應該沒事。

「那我說了？」

天玄點頭：「放心大膽地說。」

甯宸伸出三根手指：「我對邊境的情況不是很了解，只能想到三個對策……說的不好，你們就當聽一樂。」

天玄和陳老將軍相視一眼，心裡震驚……不了解，竟然還能想到三個對策？

「別賣關子，快說。」玄帝催促。

甯宸點頭，問道：「有筆墨紙硯嗎？」

玄帝微微一怔，立刻讓娘娘腔取來筆墨紙硯，交於甯宸。

研好了墨，添飽了筆，甯宸趴在桌邊揮筆疾書，不一會便放下筆，將寫好的對策交給玄帝。

玄帝接過去看了一眼，眼神猛然一亮，旋即將手裡的紙張交給陳老將軍。

「好好好……好計策！」陳老將軍看完，連說三聲好，興奮地直拍大腿。

甯宸還真擔心他將唯一的好腿也拍廢了。

「這三個辦法其實也只是治標不治本……真正的辦法，還是得靠我大玄將士的兵鋒之利，就算滅不了陀羅國，最起碼要將陀羅國打痛打怕，才能徹底杜絕這種情況。」

玄帝微微點頭，滿眼欣賞地看著甯宸。

他突然很慶幸今日帶陳老將軍來，如果不帶陳老將軍來，他還發現不了甯宸軍事上的才能。

甯宸不知道的是，這一個月，他的那首詞徹底紅了，可謂紅遍全城，所有人都在找這名叫「藍星」的少年郎，包括陳老將軍。

可一個月過去了，沒一個人見過藍星。

陳老將軍找不到藍星，就天天去纏玄帝。

老頭天天拄著拐杖，日出進宮，日落出宮，玄帝都被纏煩了，這才帶著陳老將軍來了。其實他們來了好幾次了，但每次都見不到甯宸，好在這次碰上了。

甯宸化名藍星，定是不想讓人知道他是誰。

雖然玄帝清楚甯宸的身分，但也不好派人直接去甯府找。

見玄帝和陳老將軍都很高興，甯宸趁熱打鐵，道：「大叔，你今天要買詩嗎？我可以算你便宜點。」

玄帝笑了起來：「你先說說，為什麼一個月了沒出現？」

甯宸笑容苦澀：「我被人打了一頓，斷了兩根肋骨，在床上躺了一個月……上次賣詩賺的銀子也被搶走了，新衣服也被搶了。」

玄帝的臉色一點點陰沉了下來。

陳老將軍更是大怒：「誰做的？朗朗乾坤，天子腳下，竟敢有人如此膽大妄為？藍星，你告訴老夫是誰做的？老夫替你做主！」

甯宸心裡一陣感動，一個陌生人都比甯家人對他好。

「算了，都怪我這身體不爭氣，吃不飽穿不暖，又加上大病初癒，這身子弱不禁風！」甯宸順便賣了一波慘，希望一會天玄買詩的時候能看他可憐，給個高價。

陳老將軍雖然有威望，但如今已經退下來了；福王就是個閒散王爺，玄帝根本不給他權利。

而甯自明背後是左相，位高權重，鬥不過的。而且，他也不想連累別人，清官難斷家務事！

陳老將軍怒意不減：「這怎麼能算了呢？你說，誰做的？老夫為你做主。」

甯宸搖了搖頭：「陳老將軍，你要是真的心疼我，就多買我兩首詩吧。跟大叔一樣，我算你便宜點。」

陳老將軍還想說什麼？但卻被玄帝一個眼神制止了。甯宸不想說，肯定是有所忌憚，不能勉強。

「藍星啊，剛才你連獻三計……這樣，一條計策，一百兩銀子如何？」

甯宸瞪大了眼睛。

「你……你認真的嗎？」

「朕……真的！」

甯宸眉開眼笑，沒想到這也能賺錢。

「大叔，謝謝你！」甯宸由衷地感謝。

玄帝笑道：「藍星，你信大叔嗎？」

甯宸點頭。

「那這樣，銀子先不給你，存在我這裡……你需要的時候來這裡找我。我不是要賴你的銀子，你現在並無自保之力，明白我的意思嗎？」

甯宸微微點頭，的確……他現在帶著三百兩銀票回去，就他現在這身體狀況，說不定又會被搶。

就算存在錢莊，有票根，被發現了還是會被搶。

「那就存在大叔這裡。」

福王看起來不像是奸詐之徒，存在他這裡也行。

不過他賭福王不會騙他，堂堂福王，三百兩銀子對他來說只是九牛一毛。

「小子，你瘦得跟隻小雞仔一樣，難怪會被人搶走銀子……你要是願意，可以來老夫府上，老夫教你些拳腳，也可保護自己。」陳老將軍說道。

甯宸眼神一亮，急忙行禮：「我願意，多謝陳老將軍！」

「那就這麼說定了，等你傷勢好了，來找老夫。」

甯宸重重地點點頭，「嗯」了一聲。

能抱上陳老將軍的大腿，這好處自然不用多說，傻子才不答應呢。而且他的確需要好好鍛鍊一番，這具身體太虛弱了。

甯宸看向福王：「大叔，你還要買詩嗎？」

玄帝看了看窗外：「今日時間不早了，家中還有事……詩就留到下次吧。」

甯宸有些失望，「哦」了一聲，不過想到剛才賺了三百兩銀子，立刻又開心了起來。

玄帝站起身，看向全公公：「給藍星五兩碎銀，方便平日裡使用。」

「藍星，我讓人安排一桌飯菜，瞧你瘦的，好好補補……不用擔心錢，帳我走的時候會結。」

甯宸眉開眼笑：「謝謝大叔！」

玄帝笑著點點頭。

「我們走吧！」

他走到門口，又折返回來，將自己身上的大氅取下來遞給甯宸。

大氅是形如加厚的披風，格外保暖。

甯宸連連擺手：「大叔，這個我不能要，太貴重了……而且外面可冷了，你別凍著了。」

這大氅的面料，一看就價值不菲，他可不敢拿。

玄帝笑道：「給你就拿著。我有馬車，凍不著。」

甯宸拗不過，接過大氅，滿眼感動：「謝謝大叔！」

玄帝點點頭，帶人離開了。

甯宸將大氅披在身上，不止身上暖和，心裡更暖。

不一會，敲門聲響起。

「進來！」

夥計魚貫而入，不一會就上了一桌子好菜。

一股暖流從心裡淌過，大叔人真好……甯宸心想。

……

而此時，玄帝和陳老將軍坐在寬敞的馬車裡，全公公在旁伺候著。

「陳老將軍，你覺得這個藍星如何？」

陳老將軍道：「京城少年，見我猶如見到了豺狼，避之不及……此子見我，不卑不亢，有大將之風，真是難能可貴。關鍵是此子有智慧又謀略……若是加以培養，未來必成大器。」

玄帝大笑：「難得見陳老將軍你對年輕一輩有如此高的評價？你對太子可都沒這麼高的評價。」

「陛下，京城這些年盛行慵懶之風，那些少年郎各個綿軟無力，都應該趕到戰場上去磨鍊磨鍊。」

「反觀藍星，雖然有些弱不禁風，但眉宇硬朗，不卑不亢，腹有詩書，又懂得行軍之策……實屬難能可貴。」

玄帝點頭：「此子的確優秀！」

「陛下，萬不可讓這等棟梁之才埋沒啊。」

玄帝笑道：「朕明白！」

「陛下英明！」

將陳老將軍送回府，回宮的途中，玄帝的臉色陰沉了下來，掀開窗簾呼喚：「聶良？」

跟在馬車邊的聶良急忙俯身，恭敬道：「陛下有何吩咐？」

「你去調查一下，甯宸這段時間遭遇了什麼？」

「臣，領旨！」

全公公欲言又止。

玄帝看了他一眼：「有話要說？」

全公公急忙低頭，道：「陛下，甯宸之前說，他身上的傷是府中惡犬造成的，這惡犬極有可能是某個人，而且肯定是甯府的人。」

「廢話。」玄帝笑罵，旋即沒好氣地說道：「這還用說？要是外人造成的，他早就去報官了……唯有甯府的人，才能讓他對此事三緘其口，不願多說。」

「這個甯自明，看來是把朕的話當耳邊風了。」

全公公身子微微一顫，他知道陛下這次是真的生氣了。

「陛下息怒，龍體要緊，千萬別氣壞了身子。」

玄帝冷哼一聲，道：「一會回宮，你派人去一趟甯府，讓甯自明來見朕。」

「是！」

甯自明啊甯自明，你這十幾年官白當了？陛下已經警告過你了，你還敢明知故犯，無視天威，這不是找死嗎？全公公在心裡嘀咕。

……

甯自明發現甯宸偷偷跑出去了，氣得不輕。他擔心甯宸把最近發生的事說出去，萬一傳到玄帝耳朵裡，那可就糟了！

甯自明左等右等，沒等到甯宸，卻等到了宮中傳召太監。聽說玄帝召他進宮，甯自明心裡直打鼓，忐忑不安！

他悄悄給傳召太監塞了銀子，想要打聽玄帝為何召見他？可傳召太監銀子是收了，但一問三不知……其實傳召太監是真的不知道。

甯自明跟著傳召太監來到皇宮御書房，全公公就在門口站著，皮笑肉不笑的看著他。

甯自明心生不妙，急忙跪倒高呼：「臣甯自明，求見陛下！」

「噓……甯大人，陛下正在處理政務，切勿喧譁，等著便是！」

甯自明只能跪在門外等著，他很想從全公公嘴裡打探消息，但全公公卻轉身進去了。

甯自明這一跪就是兩個多時辰。

他是個文官，身嬌體弱，跪得膝蓋生痛，眼冒金星，感覺腰都快斷了。但玄帝沒召見他，他就得一直跪著。

直到他快堅持不住的時候，全公公出來了。

「甯大人，隨我進去面聖吧！」

甯自明掙扎著起身，兩腿直打擺子，長時間跪著，猛地起身，血脈不通，眼前一黑差點栽倒。

他拚了老命穩住身子，殿前失儀，那可是大不敬。

他哆哆嗦嗦地進到御書房，再次跪拜，高呼：「臣甯自明，參見陛下！」

玄帝的目光從手裡的奏摺上移開，眼神冷漠地看了他一眼。

甯自明額頭冷汗直冒，玄帝沒讓他起來，這可是危險信號。

「甯愛卿，你覺得朕是不是太仁慈了？」

甯自明又驚又傻眼，顫聲說道：「陛下乃是仁義之君，文治武功無人可及，百姓……」

話還沒說完，玄帝一聲冷哼！

「仁義之君？你的意思是朕太過仁慈，所以你們才敢違抗聖命？」

甯自明腦子嗡嗡作響，不知道怎麼回答。

「啪」的一聲，玄帝將手裡的奏摺重重地摔在龍案上。

「甯愛卿，朕讓你厚待甯宸，你是怎麼做的？他為何重傷不起，臥床一個月？」

甯自明差點沒嚇死。

這件事他已經封鎖了消息，玄帝是怎麼知道的？難道家裡有政敵安插的探子？

玄帝怒道：「在你甯府，甯宸身負重傷，銀子遺失，新衣被搶……甯愛卿，這甯府是你的府邸，還是土匪窩？那一百兩銀票，是朕給甯宸的。」

甯自明眼前一黑，差點昏死過去。

原來甯宸那一百兩銀票，竟然是玄帝給的？那可是御賜之物啊！敢搶御賜之物，冒犯天威，這可是死罪！

甯自明額頭滲出豆大的汗珠，後背都被冷汗浸透了，渾身哆嗦著不斷磕頭：「陛下恕罪，陛下恕罪……」

玄帝冷冷地看著他。

甯自明嚇得魂飛魄散，只能匡匡磕頭求饒。

「夠了，你是打算磕死在這裡，讓朕落個刻薄之名嗎？」

「臣不敢，臣不敢……陛下恕罪，陛下恕罪……」

……

此時，甯宸已經吃飽喝足，回到了甯府外面的院牆下，踩著牆角的石頭翻了進去。

這次，沒有甯茂帶著那些惡奴等著他了。

「柴叔，柴叔……」甯宸一邊喊著，一邊朝著柴叔的屋子走去。

「咯吱」一聲，門開了。

「四公子，你可算是回來了？擔心死老奴了。」

甯宸笑著走進屋子，然後從大氅下拿出油紙包：「柴叔，看我給你帶什麼好吃的了？」

柴叔看著甯宸，滿臉擔心。

「四公子，老奴雖是個奴才，但還是得斗膽勸您一句……我可千萬不能幹違法亂紀的事啊。」

甯宸每次出去一趟，回來的時候都會穿新衣，帶吃的回來，而這次甯宸身上披著的這件大氅，一看就很貴。

甯宸笑道：「柴叔放心，我不會做壞事，我賺的每一文錢都是乾淨的。」

他一邊說著，剛好看到了床上的包袱，問：「柴叔，你打包東西做什麼？」

柴叔面露難色，嘆口氣道：「四公子，老奴要走了，以後就不能照顧四公子了。老奴走後，四公子一定要收斂自己的脾氣，別惹老爺生氣……夫人那邊，盡量躲著點。」

甯宸皺眉：「怎麼回事？是不是有人要趕你走？」

柴叔笑著搖頭：「沒有人要趕老奴走，老奴年紀大了，幹不動活了，也是時候回家養老了。老奴不在，四公子一定要照顧好自己。」

甯宸不信，如果沒人趕，柴叔是不會走的。柴叔雖然瘸了一隻腳，但身體硬朗，做事俐落，再幹幾年都不成問題。

而且，他豈會看不出柴叔眼裡的不捨，他放心不下自己。

媽的，肯定是常如月母子做的。

甯自明不知道出於什麼原因，對自己態度大變……常如月母子暫時不敢動自己，所以就對柴叔下手。

甯茂之前就說過，要讓常氏把柴叔趕走，真他媽的陰險。

「柴叔，是不是常如月讓你走的？」

柴叔搖頭：「四公子，真的是老奴自己要走，老奴老了，回家享福去了。這個家沒什麼值得老奴留戀的，唯一放心不下的就是四公子你了……你一定要保護好自己。」

甯宸眉頭擰成一塊，這府中唯一對自己好的人要走了，他的心裡真的很難受。

「狗奴才，你收拾好了沒有？收拾好了趕緊滾蛋。」這時，外面響起甯興的聲音。

一個月了，甯興頭上的傷早就好了。

一瞬間，甯宸的臉色變得鐵青，果然是常氏母子要趕走柴叔；而柴叔被趕出甯府，完全是受他連累。

「王八蛋，欺人太甚……」甯宸大怒，轉身就朝著門口走去，順手抄起門後的頂門棍走了出去。

「四公子……」柴叔著急地想要攔住甯宸，但他跛了一隻腳，根本追不上。

甯興和甯茂站在院子裡，帶著幾名家丁。

甯甘沒出現，這次科考他成績出眾，明日要殿試得好好準備。

殿試就是皇帝親自考察他們的能力，若是表現得好，當場封官。

甯興和甯茂看到甯宸拎著棍子出現，先是一驚，沒想到甯宸回來了，旋即兩人嚇得連連後退。

他們可都在甯宸手上吃過虧，心裡都有陰影了。

甯宸冷冷地盯著兩人；甯興和甯茂卻盯著甯宸身上的大氅。

他們可跟甯宸不一樣，從小錦衣玉食，所以一眼看出這大氅價值不菲。

「甯宸，你身上的大氅從哪裡來的？」甯茂大聲問道。

上次，他大哥搶走甯宸一百兩銀子，甯宸屁都不敢放一個，這次他盯上了甯宸的大氅。

甯宸淡漠道：「關你鳥事？」

「果然是有娘生沒娘教的野種，真是粗俗不堪，我是你三哥，問你話你竟然這個態度？」

「甯宸，前些日子母親幫我置辦了一件大氅，我還沒來得及穿就被人偷了……原來又是你偷的。」甯茂決定故技重施。

「真是家賊難防，甯宸你這品行惡劣的野種、小偷！還不把大氅還給你三哥？這件事若是讓父親知道，你不死也得脫層皮！」甯興開始幫腔。

甯宸根本懶得解釋，欲加之罪何患無辭？他解釋再多都沒用。

他面無表情地說道：「想要啊，自己來取！」

甯茂看了看甯宸手裡的頂門棍，沒敢過去。

「你個小偷，還不趕緊脫下來給我扔過來？不然我就讓家丁強行動手了。」

甯宸冷著臉，厲聲道：「你試試？」

媽的，就是茅廁在外面，要是在這裡，他非得讓這些人知道什麼叫拖把沾屎，猶如呂布在世。

甯茂見甯宸不好對付，眼珠一轉又有了主意。

他看向柴叔：「你這狗奴才，還賴在這裡做什麼？趕緊滾出府去。」

「你們幾個，給我檢查一下這老狗的包袱，他跟甯宸蛇鼠一窩，別把家裡的東西偷帶出去。」

柴叔滿臉憋屈，但還是將包袱放在地上讓他們檢查。

「我看你們誰敢？」甯宸冷冷地說道。

甯興一臉陰笑：「甯宸，你偷你三哥大氅的事還沒解釋清楚，自己屁股上的屎都沒擦乾淨，還有心思管別人？」

甯宸眼神凶狠，手裡的棍子一橫：「誰也別想趕柴叔出府，誰敢動他的東西，別怪我的棍子不認人。」

甯興不屑道：「甯宸，你一個人打得過這麼多人嗎？」

「四公子，算了……讓他們檢查吧，清者自清。」柴叔攔住了甯宸。

上次，甯宸被一群人打翻在地，最後生生打得昏死過去的場景歷歷在目。這麼多人，甯宸氣虛體弱，怎麼可能打得過？

甯茂道：「甯宸，我勸你別攔著。這可是母親的命令，這條老狗年紀大了，我甯府不養閒人。你要敢攔著，我們連你一起揍！就算父親知道了，也不會多說什麼。」

甯宸怒不可遏，緊握著手裡的木棍，指骨泛白。

甯茂沒誇大其詞，常如月是左相之女，就算甯自明知道，也不會把她怎麼樣，看來這次他是保不住柴叔了。

如果硬來，只能連累柴叔跟自己一起挨揍。

算了……讓柴叔走也未嘗不是一件好事！

柴叔留在甯府，遲早會被自己連累。等他離開甯府，有了自己住的地方，再把柴叔接回來。

「不用你們查，我一件一件拿給你們看。」甯宸一字一頓地說道。

他擔心這些人使髒招，悄悄往柴叔包袱裡放東西，栽贓陷害。

一名家丁看向甯甘和甯茂兩兄弟。甯宸猜對了，他們的確打算栽贓陷害。

甯宸打開柴叔的包袱，裡面就幾件破衣爛衫。

「瞪大你們的狗眼看清楚了，可有夾帶私貨？」

甯興見栽贓陷害這招失敗了，又心生一計：「他身上也要搜，萬一東西藏在他身上呢？」

「你們欺人太甚！你們非官非盜憑什麼搜別人的身？這是對他尊嚴和人格的

踐踏。」甯宸徹底被激怒了。

甯茂不屑道：「尊嚴在本公子眼裡，他就是一條沒用的老狗而已，哪來的尊嚴？」

甯宸怒道：「人生而平等，你只是胎投得好，並非自己有什麼本事。他入府為奴，是生活所迫，靠自己的雙手吃飯一點不丟人！比你們這些手無縛雞之力的造糞機器高貴得多。」

「柴叔在甯府任勞任怨幾十年，難道在離開的時候還要被你們侮辱嗎？就不能讓他帶著尊嚴堂堂正正的離開？」

甯茂兩手一攤，一副無賴樣，道：「這是母親的命令，你跟我說沒用。不服氣找母親去。」

柴叔滿臉憋屈，但他不想甯宸為了自己跟這些人起衝突。

「四公子，讓他們搜吧……我清清白白，不怕他們搜。」

甯宸搖頭：「柴叔，他們這是在羞辱你。你放心，有我在，我倒要看看哪個不怕死的敢搜你的身。」

甯宸作為從現代文明而來的人，對於這種事深惡痛絕。

甯茂面露獰笑，嘲諷道：「不知死活！」

「你們給我上去搜這條老狗的身，誰敢攔著，就是跟母親作對，不用對他客氣。」

幾名家丁手持棍棒步步逼近，甯宸冷冷地盯著他們，毫無懼色，寸步不讓。

柴叔是府中唯一真心對他好的人，他不能眼睜睜看著別人羞辱他。

「四公子，別跟他們硬來，就讓他們搜吧，老奴沒事！」柴叔緊張地護著甯宸，怕他又受傷。

「等等！」甯興突然喊住家丁，然後看向甯宸，道：「我們兄弟沒必要為了一個狗奴才鬧得頭破血流……這樣，我給你個面子，只要你把大氅還給你三哥，我可以答應不搜這條老狗的身。」

甯宸氣到發抖心寒，但他審時度勢，知道一旦打起來，以他現在的身體狀況也不是這些家丁的對手，到時候恐怕要連累柴叔跟他一起挨揍。

從明日起，他就去陳老將軍府加強鍛鍊，讓自己的身體盡快強壯起來，這樣才能保護好自己。

甯宸沒有絲毫猶豫，解下身上的大氅，厲聲道：「甯興，記住你的話……如果你反悔，今天不是你死就是我亡。」

看著甯宸冰冷地眼神，甯興心裡生出一股寒意，但他故作鎮定，道：「你是我弟弟，我這當哥哥的還能騙你不成？」

甯宸將大氅拋了過去，面無表情地說道：「這件大氅，保管好了……遲早有一天，我會親手拿回來。」

甯茂拿著大氅，披在自己身上，冷笑道：「放心，這是母親為我置辦的，我當然會好好愛惜。」

甯宸沒有再說話，將包袱重新打包好，一手持棍，一手攙扶著柴叔，朝著外面走去。

第五章

無知婦人

「二哥，就這樣放過這個野種了？」甯茂盯著甯宸的背影，惡狠狠地說道。

甯興道：「父親最近不知道怎麼了？突然對甯宸態度大變，要是我們打傷了甯宸，保不齊會被父親斥責。最重要的是大哥明天殿試，別影響到他。」

甯茂點點頭，摸著身上的大氅，疑惑道：「你說這野種從哪裡弄來的這件大氅？這領子應該是狐嗉。」

狐嗉乃是狐狸脖子下面一小塊，最為暖和，十分珍貴，價格不菲。

甯興冷哼一聲：「肯定是偷別人的，野種就是野種，缺乏管教，他被找回來前以乞討為生，小偷小摸很正常。」

另一邊，甯宸將柴叔送到府門口，悄悄塞給柴叔四兩銀子，自己留了一兩以備不時之需。

「四公子，這……這我不能要！」

「拿著，你不要，我可生氣了！」

柴叔推辭了好幾次，最後還是拗不過甯宸，只能收著。

「四公子，老奴不在，你以後一定要保護好自己，別跟他們發生衝突，你占不到便宜的。」

甯宸點頭：「我知道，柴叔放心。等我以後離開甯府，有了自己住的地方，再請柴叔回來。」

「好，老奴等著四公子，以後還伺候你！」

柴叔一步三回頭，依依不捨地離開了；甯宸心裡空空地返回甯府。與此同時，甯自明也從宮裡出來了，他臉色煞白，渾身冰冷。不過慶幸的是，玄帝只是訓斥了他一頓，並沒有過多責罰。

馬車就在宮門口不遠處，吳管家看到甯自明出來，滿臉殷勤地迎上來，看到甯自明臉色不對，擔心地問道：「老爺，您沒事吧？」

甯自明沒說話，登上馬車，讓吳管家快回府。他到現在都心驚膽顫，兩腿發軟，遍體生寒。

……

甯府，甯茂正在向常如月展示身上的大氅。

常如月滿臉高興，忍不住誇讚：「好看好看，我兒現在越來越優秀了！」

「你父親交代過，別為難甯宸……但這野種斷不可留，甯家乃是你們兄弟三個的。」

「所以，以後對付甯宸要動腦子，不能硬來，你們這次就做得很好。」

甯茂越來越得意了。

便在這時，下人前來稟報，說是甯自明回來了，常如月急忙起身到門口迎接。

甯自明已經到了院子，來到屋子裡後，常如月才注意到甯自明臉色煞白，眼神惶恐。

「老爺，您沒事吧？」她一邊說，一邊趕緊給甯自明倒了杯茶。

回到家，甯自明才覺得安心了些，問：「甯宸回來了嗎？」

見甯自明一回來就問甯宸，常如月眼底閃過一抹陰狠之色。

老爺最近對甯宸越來越上心，問緣由他又不肯說，再這樣下去，甯府哪還有她們母子的容身之處？所以必須想辦法除掉甯宸……常如月心裡惡毒地想著。

但她臉上卻不動聲色，語氣也很溫柔：「老爺放心，人已經回來了。我剛讓人燉了雞湯給他送過去。」

甯自明滿意地點點頭，覺得常如月真是他的賢內助。

「對了，從明天起，把柴叔調過去伺候甯宸。」

聞言，常氏母子皆是臉色一變。

常如月目光微閃，道：「老爺，柴叔已經離開甯府了。」

「什麼？什麼時候的事？我怎麼不知道？」

「老爺，您先別著急。柴叔是自己要走的，他年紀大了，腿腳又不便，他自己要走，我也不能攔著，只能放他離開，今天下午就走了。」

甯自明眉頭緊皺：「不是你們趕他走的？」

甯茂急忙道：「父親，真的是柴叔自己要走的，母親挽留過，他執意要離開。臨走前，母親還多給了他些銀錢。」

甯自明看了一眼甯茂，嘆了口氣，低頭抿了一口茶。突然間，他動作一僵，猛地抬頭看向甯茂。

甯茂身上的大氅，他怎麼看著這麼眼熟？

甯自明努力回想在什麼地方見過這件大氅。

突然間，他臉色慘白如紙，整個人都哆嗦了起來，手抖得厲害，手裡的茶杯也掉落在地上摔得粉碎。

他騰地站了起來，盯著甯茂：「你身上的這件大氅哪裡來的？」

甯茂一陣心虛，急忙看向常如月。

常如月笑著說道：「老爺，你怎麼了？都嚇到茂兒了。天冷了，這件大氅是我讓人給茂兒置辦的。」

甯自明努力讓自己冷靜下來，盯著甯茂：「過來！」

甯茂有些畏懼地來到甯自明面前。

甯自明死死地盯著他身上的大氅，越看臉色越白，最後更是沒有一絲血色。

這件大氅他認識，這是兵部尚書獻給陛下的，說是動用了上百名繡娘日夜趕工，用了一個月才製作而成。當時兵部尚書還跟他炫耀來著。

而且，他前些日子才見玄帝穿過；而如今，這件大氅竟然出現在他兒子身上。

若非御賜，私自穿陛下的衣物，形同造反。

甯自明嚇得魂都快飛了，額頭冷汗直冒，壓低聲音嘶吼：「快脫下來！」

同時，他快步走過去，將院子裡的下人全部撤走，關上房門。
甯茂被甯自明的舉動嚇壞了，趕緊將大氅脫下來。
甯自明返回，額角青筋直跳：「跪下！」
甯茂嚇得撲通跪在了地上。
甯自明看向甯興：「你也給我跪下！」
甯興滿臉委屈，看向常如月。
常如月雖然不明所以，但看甯自明正在氣頭上，示意甯興也跪下。
等甯興跪下，甯自明雙手捧著大氅，一字一頓、無比嚴肅地問道：「說，這件大氅哪來的？」
甯茂和甯興看向常如月，用眼神求助。
「老爺，您這是怎麼了？這件大氅是我……」
「閉嘴，還在撒謊！無知婦人，妳可知這件事有多嚴重？」
常如月被吼傻眼了，頓時眼眶一紅，這是她常用的招數。
「老爺，我不知道我們母子做錯了什麼？您一回來，鼻子不是鼻子，眼睛不是眼睛的……難道這府中，真的容不下我們母子了嗎？」
甯自明氣得胸膛劇烈起伏，只能壓低聲音怒吼：「無知婦人，妳懂什麼？這件事情事關我甯府安危！快說，再不說實話，別怪我大義滅親，把你們兩個交給京都衙門審問！」

甯興和甯茂嚇得魂不附體；常如月也被嚇到了，臉色煞白，但同時意識到了問題的嚴重性。

她是甯自明的枕邊人，沒有人比她更了解這個男人。

甯自明的養氣工夫很不錯，很少動怒，此時卻如此失態，說明這件大氅大有來頭。

「興兒、茂兒，實話實說。」這件大氅是搶甯宸的，若真的出事，剛好可以把責任都推到他頭上。

甯茂戰戰兢兢地說道：「父親息怒，這件大氅是甯宸送給我的。」

甯自明腦子「嗡」的一聲！

甯宸今天出去了一趟，然後帶回來了這件大氅，他又被玄帝叫去訓斥了一頓，這說明甯宸今天出去見了玄帝，玄帝將這件大氅送給了甯宸。

他怎麼也想不明白，玄帝為何對甯宸這麼好？但眼下最重要的是，這兩個蠢貨搶了御賜之物，還穿在身上！

什麼甯宸送給他的？分明是搶的！

自己的兒子什麼德行他豈會不知道？只是平時睜一隻眼閉一隻眼而已。

甯自明越想越氣，實在沒忍住，一腳把甯茂踹翻在地，隨即又一腳把甯興踹了個跟頭。

「我甯自明英明一世，怎麼會生出你們這兩個蠢貨來？」

甯興和甯茂嚇得直哆嗦，他們從來沒見過父親這麼生氣。

常如月滿臉心疼，擋在父子三人中間：「老爺，他們可是你的親兒子，打壞了你不心疼嗎？」

「心疼？妳知不知道這兩個蠢貨差點害死我們全家！」甯自明怒吼。

常如月呆了呆，忍不住問道：「老爺，到底怎麼回事啊？」

「怎麼回事妳就別問了，總之，以後別招惹甯宸。」甯自明也是有苦難言，他不敢說啊。

但他卻不知，越是這樣說，常氏母子就越恨甯宸。

甯自明煩躁地揉著眉心，大腦極速旋轉。得趁著玄帝還不知道這件事，得趕緊將大氅還給甯宸。

而且，他還得想辦法讓甯宸不把這件事說出去。

正在這時，外面響起吳管家的聲音：「老爺，宮裡來人了，讓老爺去接旨。」

甯自明眼前一黑，身子搖晃，差點一頭栽倒，他第一個反應是玄帝已經知道了。

常如月急忙扶住甯自明，滿臉擔心：「老爺，您沒事吧？」

甯自明臉色慘白，沒有說話，哆哆嗦嗦地朝外走去，常如月幾人趕緊跟上。

聖旨到，只要是甯府的主人，都得前去迎接聖旨。

一家子來到主廳，主廳裡白面無鬚的傳召太監已經等著了，身後站著四名禁軍。

「甯大人接旨！」太監聲音尖細。

甯自明一家子趕緊跪下。

太監打開聖旨，開口道：「禮部尚書甯自明，辜負聖恩，暫留職位，以觀後效，罰俸一年，欽此！」

甯自明眼前一黑，差點昏死過去。

罰俸一年雖然讓他有些肉痛，但這並不重要。但暫留職位的意思就是，玄帝很生氣，先讓你在禮部尚書這個職位上待著，若是再出點差錯，直接滾蛋。

「甯大人，還不接旨謝恩？」

甯自明顫顫巍巍的雙手接過聖旨：「臣接旨，叩謝天恩！」

這就是帝威，別說只是訓斥，就是殺你，你也得說謝謝！

傳旨太監走了，但甯自明跪在地上，兩眼呆滯，久久回不過神來。

他以為玄帝訓斥過他就完了，還在心裡慶幸自己躲過一劫，沒想到聖旨緊接著就來了。

「老爺……」常如月小心翼翼地喊了一聲，甯自明的臉色難看的嚇人，連她都開始害怕了。

誰知，甯自明突然站起身，瘋了似的衝到甯興和甯茂面前抬腳就踢。

「蠢貨，你們這兩個蠢貨，老子遲早被你們害死……」常如月趕緊上去阻攔。

……

皇宮御書房，玄帝放下手裡的毛筆，紙上寫的正是甯宸那三條計策，越看越滿意。

「有了這三條妙計，可保我邊境百姓今年冬天無憂。」

全公公急忙道：「陛下英明神武，有陛下護佑，是百姓之福。」

「少拍馬屁，這都是甯宸的功勞……生子當如甯宸啊。對了，傳旨的人回來了嗎？」

全公公急忙道：「剛回來！」

玄帝嗯了一聲，旋即皺眉說道：「這甯自明真是糊塗，甯宸有狀元之才，他卻視而不見。不給他一點教訓，他真的以為朕沒脾氣。」

甯自明離開後，他是越想越氣，最後直接給下了一道聖旨。他擔心只是訓斥，甯自明並不會長記性。

玄帝思索了一下，喚道：「聶良？」

聶良從門外快步走進來，單膝跪地：「參見陛下！」

「聶良，你派幾個人給朕好好調查一下甯宸，弄清楚甯自明為何不喜歡他？」

「臣遵旨！」

這時，一名小太監走到門口，小聲稟報：「啟稟陛下，太子和九公主求見！」

玄帝揮手，示意聶良可以退下了，旋即對小太監說道：「讓他們進來！」

不一會，太子和九公主進來了。

太子身材消瘦，二十四五歲的年紀，但卻成熟穩重，眉宇間跟玄帝很像。

九公主只有十四歲，稚氣未脫，她有著白嫩的尖下巴，眉下是瑩然有光的美目，堆雲砌黑的黑髮，身材已經初具規模，是個美人胚子，大眼睛眨呀眨，嬌俏可愛。

其實在這個時代，十四歲已經可以出嫁了。

「兒臣參見父皇！」

「參見父皇！」

兩人一起行禮。

玄帝笑了笑，道：「起來吧！」

「太子來得正好，朕正準備讓人去找你呢？來看看這個。」玄帝將寫好的三條計策交給太子。

太子雙手接過來，細看之下，眼睛一亮，忍不住讚嘆道：「好計策，好計策……有此妙計，是我大玄邊境百姓之福。」

九公主懷安也湊過去看，但看了幾眼就沒興趣了。

玄帝笑著問道：「那你覺得，這三條計策該用哪一條？」

太子神色立刻變得糾結，過了會說道：「全憑父皇做主！」

玄帝皺眉，臉上的笑容也收斂了起來。他這個兒子什麼都好，但就是太過優柔寡斷。

太子沒注意到玄帝的臉色有變，忍不住問道：「父皇，不知道此等妙計是何人所獻？」

玄帝道：「是藍星。」

「藍星？」太子思索了一下，道：「可是寫出那首曠世佳作的藍星？」

玄帝點頭。

「父皇，此人有經世之才，兒臣想見見他，請父皇恩準。」

玄帝臉上露出了笑容，雖然他這個兒子優柔寡斷，但卻識人善用，這點隨他。

「好，過幾天你隨朕出一趟宮。」

「是！」

玄帝看向九公主：「懷安，妳找父皇可是有事？」

懷安公主嘻嘻一笑，明眸皓齒，笑得很甜：「父皇，我沒事，人家只是想父皇了嘛。」

玄帝龍顏大悅，他的兒子女兒不少，但見了他，跟老鼠見了貓一樣。只有懷安，性格開朗，古靈精怪。每次看到這丫頭，他都覺得自己年輕了不少，所以玄帝很寵九公主。

「父皇，人家也想出宮，人家也想見見那個大才子。」

玄帝笑著應允了。

而此時，九公主口中的大才子甯宸，卻像個傻子，一臉傻眼的看著甯自明等人。

一群經常欺辱你的人，突然來給你道歉，不管是誰都得傻眼。

「宸兒，為父誤會你了……這一百兩銀票的確是你的。」

「還有這件大氅，你三哥跟你鬧著玩呢？怎麼會真的要你的東西呢。」

甯自明雙手捧著大氅，上面是一張銀票，正是甯甘搶走的那張銀票。

甯宸並沒有接，而是一腦門問號，用奇怪的眼神看著他們，這些人腦子被門擠了嗎？搶走的東西，竟然又給他還回來了。

「你們三個混帳東西，還不給你四弟道歉？」甯自明回頭怒斥。

甯甘三人滿臉不爽。尤其是甯興和甯茂，恨不得捏死甯宸，因為這個野種害得他們兄弟二人今天挨了兩頓打，但甯自明的話他們又不敢不聽。

甯甘陰沉著臉，道：「四弟，大哥那天是跟你鬧著玩的，如果傷害了你，大哥給你道歉，希望你別放在心上。」

甯宸看著他，心裡冷笑，鬧著玩？我他媽在床上躺了一個月，你跟我說鬧著玩？

但他現在還不明白這一家子搞什麼鬼？所以也沒理會甯甘。

甯興乾巴巴的說句對不起！

甯茂心不甘情不願地說道：「四弟，我真的沒想到要你的大鼈，就是跟你鬧著玩的，你別當真啊。」

甯宸沉默不語，面無表情。

甯自明見狀，急忙道：「宸兒啊，都是自家兄弟，有時鬧著玩難免會過火……你看他們都跟你道歉了，你就原諒他們吧。你放心，為父跟你保證，以後這種事絕對不會再發生。」

甯宸實在忍不住了：「甯尚書，你們到底想幹什麼？直說吧。」

「宸兒啊，你別誤會……以前是為父對你疏於照顧，是為父的錯，我保證以後一定會好好待你！你三個哥哥也是真心實意跟你道歉，我們都是一家人，你就原諒他們吧。」

「宸兒，你能不能答應為父一件事？」

甯宸皺眉：「什麼事？」

甯自明道：「宸兒，家醜不外揚，就是今天發生的事，能不能別跟別人說……說出去，丟的是我們甯家的人。」

甯宸腦子裡閃過一個大大的問號。

甯自明為何一再強調家醜不外揚？他是害怕誰知道嗎？真是奇了怪了，甯自明到底在害怕什麼？難道他是害怕這些事傳出去，壞了他的名聲嗎？

甯宸百思不得其解，不過既然甯自明有軟肋，他就可以利用。

「甯尚書，這些事我可以不對任何人說，但我有個要求。」

甯自明道：「你說。」

「我要離開甯府。」

甯自明臉色陡然一沉。

這不是要他老命嗎？若是讓陛下知道，他這個尚書就算做到頭了，說不定連命都沒了。

「宸兒啊，我們不是說好了，以後不再提這件事嗎？」

甯宸淡漠道：「那很抱歉，我這人嘴巴不是很嚴，可能會不小心把最近發生的事添油加醋的說出去。」

「逆子，你敢威脅我？」甯自明勃然大怒。

甯宸面無表情地看著他，沒有一絲畏懼。

甯自明深深地吐出一口濁氣，壓著怒火，道：「宸兒，為父可以答應你……但按大玄律例，要離開甯府，得等到你成年。」

甯宸微微鬆了口氣，只要甯自明答應就好，反正離他成年沒幾個月了，趁這段時間多賺點錢，到時候離開甯府也能吃香的喝辣的。

「甯尚書，希望你言而有信……不然就別怪我嘴不嚴了！」

甯自明點頭。其實這是他的緩兵之策，先穩住甯宸再說。

「甯尚書，若是沒事，請回吧！」

甯自明強壓怒火，帶著甯甘三人離開了。

甯宸罵了一句：「草……有病！」

旋即，他收好銀票和大氅，來到書桌前坐下。明天他打算去拜訪陳老將軍，總不能空著手去，但他又沒什麼能拿出手的，所以打算寫一首詩送給陳老將軍。

可一連寫了幾首，都覺得不太合適，只能放棄了。算了，還是明天去的時候買點禮物比較合適。

……

翌日，甯宸吃過早餐就出門了。

他來到將軍府，整理了一下衣冠，上前敲門。

「咯吱」一聲，朱紅色的大門打開，一名身材高大、渾身散發著彪悍氣息的中年男子走了出來，這人應該上過戰場。

甯宸抱拳行禮，道：「在下藍星，求見陳老將軍，勞煩通報一聲！」

「你是藍星？」中年人神情有些激動。

甯宸微微一怔，旋即點頭，說道：「正是！」
「寫《贈陳老將軍》那首詞的藍星？」
甯宸有些愣住：「什麼《贈陳老將軍》？」
中年男人眼神迫切：「醉裡挑燈看劍，夢回吹角連營……不是你寫的嗎？」
甯宸笑了，原來如此。
「正是在下所嫖……所作，但這詞名我還是第一次聽說。」
他趕緊改口，差點將實話說出來。
中年人激動道：「真的是你？這詞名乃是當今聖上親手所題，賜給陳老將軍的。」
甯宸滿臉震驚：「當今聖上？」
他這首詞連當今聖上都驚動了？
中年男子突然間一把抓向甯宸的手腕。
甯宸完全是條件反射，手腕一轉，反手扣住對方的手腕，往前一拉，肩膀狠狠地撞上對方的胸口，中年男子竟被撞得連退好幾步。
中年男子錯愕地看著甯宸。
甯宸揉了揉肩膀，這具身體狀態太差，撞得肩膀生痛，但現在顧不上這些，他怒視對方：「你幹什麼？」
中年男子沒理會甯宸，反而回頭朝著府裡大喊：「快來人，我抓到藍星了，別讓他給跑了！快去通知老將軍！」

甯宸一臉傻眼，弱弱地問道：「大哥，我是犯什麼事了嗎？」

中年男子搖頭：「沒有啊！」

「那你這是做什麼？」

中年男子咧嘴一笑，聲音爽朗，道：「你知不知道現在外面有多少人在找你？想要重金求詩。我好不容易見到你，可不能讓你跑了。」

「你的那首詞讓老將軍開心了許多，我們想謝你，可一直找不到你。」

重金求詩？還好不是重金求子，不然他真的要跑路了。

甯宸有些哭笑不得，道：「我是來求見陳老將軍的，為什麼要跑？」

中年男子一拍腦門，後知後覺地說道：「對啊，你是來求見老將軍的……抱歉抱歉，看到你太激動了。」

甯宸一整個大無語。

就在這時，府裡衝出一群彪形壯漢，一個個鷹視狼顧。

「你就是藍星？」其中一人問道。

甯宸點頭，「嗯」了一聲！

「快快快……把他圍起來，別讓他給跑了！」

一群人眨眼就包圍了甯宸。

這些人一個個眼神熾熱地盯著甯宸，就像是飢渴了三年的男人在看一名裸女，但甯宸卻像是掉進虎群的小綿羊，弱小可憐又無助，並且默默地護住了屁股……這些人的眼神太嚇人了。

「真沒想到我們還能見到活的藍公子。」

「沒想到藍公子這麼年輕，竟然能寫出曠世之作，太厲害了！」

「來，大家一起謝謝藍公子！」

幾十名大漢圍著甯宸，同時抱拳俯身，齊聲說道：「謝謝藍公子！」

甯宸尷尬的腳趾摳地，這謝人的方式也太特別了。

「大家真的不用這麼客氣，我也是出於對陳老將軍的敬重，才寫了那首詞。」

甯宸剛說完，一道渾厚低沉的聲音響起：「你們在幹什麼？有這樣對待貴客的嗎？」

甯宸扭頭看去，是陳老將軍。

之前那個中年男人道：「老將軍，藍公子用一首詞解開了你的心結，我們在謝謝他呢。」

「都給我滾回去訓練！你們這謝法，別再嚇到他了。」

人群分開，甯宸急忙上前行禮：「藍星見過陳老將軍！」

「不用客氣！」陳老將軍笑呵呵地說道：「身上的傷都好了嗎？」

「多謝陳老將軍記掛，都好了！」

陳老將軍點點頭，扭頭對身邊的中年男子說道：「元忠啊，藍星前來，是為了學一點防身術保護自己。他氣虛體弱，你先帶他鍛鍊鍛鍊……記住，別累壞了他。」

甯宸想笑，這中年男子的名字，聽起來像是「冤種」。

元忠一臉疑惑：「屬下感覺藍公子的身手不在我之下。」

陳老將軍一臉錯愕。

元忠解釋道：「剛才我抓藍公子的手腕，他的反應速度特別快，不但脫困，還擊退了我。」

陳老將軍的表情從錯愕變成了驚訝，扭頭看向甯宸：「你習過武？」

甯宸曾經作為特種部隊的指揮官，擒拿格鬥、攀爬偵查、摔跤搏擊等，都是樣樣精通。而且對一些古武學，如八極拳等，也有所涉獵。

只是他現在這副身體太虛弱了，好多技能都發揮不出來。

他來將軍府，就是想好好鍛鍊一番，讓身體變得強壯。

面對陳老將軍的問題，甯宸卻搖了搖頭，道：「我沒習過武，只是看過一些關於拳腳的書籍，自己瞎琢磨了一陣子。」

「不愧是藍公子，真是天才啊……自己瞎琢磨也能擊退我，了不起！」元忠滿臉佩服，頓了頓，繼續說道：「剛才藍公子的反擊凌厲迅猛，就是身體弱了些，力量不夠。」

「老將軍，藍公子絕對是武學奇才，如果給他一點時間，我覺得他絕對能成為一等一的高手。」

陳老將軍滿臉驚喜。

「英雄出少年啊，你才情絕世，又懂得兵法謀略，而且還是武學奇才……好好練，若你想上戰場，老夫可以為你舉薦。」

甯宸謙虛道：「陳老將軍謬讚了！」

「好孩子，也不知道你是誰家的兒郎？能生出你這麼優秀的孩子，你的父母必定是福澤深厚之人啊。」

甯宸嘴角抽搐了一下。

他母親被渣男騙，抑鬱成疾，藥石難醫，年紀輕輕就走了；倒是甯自明這狗東西，活得無比滋潤，真是好人不長命，禍害遺千年。

甯宸突然間愣了一下，他好像真的把自己當成這個世界的甯宸了。

「藍星，你想什麼時候開始鍛鍊？」

甯宸道：「現在可以嗎？」

陳老將軍笑道：「還是個急性子，好，元忠，帶藍星去演武場。藍星，中午就別回去了。老夫設宴，你陪老夫喝兩杯！」

甯宸抱拳：「藍星遵命！」

……

將軍府占地很大，有專門的演武場。

敢在京城這個地方私自養兵的，除了玄帝，也只有陳老將軍了。

只不過這些將士都是記錄在冊的，都是曾經跟著陳老將軍的老部下，人數也不多。

甯宸跟著元忠來到演武場。

剛才在路上問過了，元忠姓齊，全名齊元忠。

演武場上，一群氣息彪悍的漢子，赤裸著上身，肌肉虬結，扛著圓木正在繞著演武場奔跑，揮汗如雨。

甯宸有些恍惚，好像一下子回到了曾經的軍營生活。

「藍公子，你就先跟著他們跑吧，先活動一下身體。」

「好！」

甯宸也不廢話，脫掉大氅疊好放在一旁，然後將裡面的薄衣衫脫掉，露出乾巴巴的上半身。他看看自己的身材，跟排骨成精了一樣，有些尷尬。

齊元忠笑道：「藍公子，天氣太冷，你身子弱，別感染了風寒。」

「沒事，齊大哥，不用對我特殊照顧。」甯宸走過去，費力的扛起一根圓木，雙腿顫抖。

齊元忠急忙道：「藍公子，你換個細一點的吧？一口可吃不成大胖子，我們循序漸進。」

甯宸尷尬地點頭答應了。因為他現在別說跑了，走路都費勁。最後他還是換了個細一點的圓木，跟著那些將士跑了起來，但這具身體狀態太差了，跑了一圈就累得氣喘吁吁。

「藍公子，休息一下吧？」

這些將士就是剛才在門外圍著甯宸的那些人，他們看到甯宸累得面紅耳赤，滿臉汗珠，擔心他身體吃不消。

「我沒事，這才哪到哪？平時多流汗，戰時少流血，加油，跑起來！」

本以為藍星這樣的羸弱公子哥，撐死最多只能跑兩圈，誰知道甯宸一口氣跑了十多圈，雖然汗水四濺，氣喘如牛，但卻沒有停下來的意思。

這樣的毅力，讓這些從戰場上下來的老兵都心生佩服。

京城的公子哥哪個出門不是騎馬就是坐轎，綿軟無力……甯宸這種才情絕世的人，竟然願意跟他們這些粗人打交道，還這麼有毅力，倒是讓人耳目一新。

「藍公子，十五圈了，休息一下吧？」齊元忠喊道，生怕甯宸累出個好歹。

「不用，我還能再跑幾圈。」甯宸足足跑了二十圈才停下。

一群壯漢圍過來，遞水的遞水、按摩的按摩，幫他活絡氣血、紓解疲勞。

「藍公子，你的詩現在千金難求，你隨便賣一首詩，吃喝不愁……幹嘛要跑來受這罪啊？」有人好奇地問道。

甯宸嘿嘿一笑，道：「身體才是最大的本錢，其他都是虛的。」

「你們想想，縱使我坐擁金山銀山，身邊美女如雲，但身體不行，心有餘而力不足，豈不是太悲哀了？」

「比如去逛青樓，銀子沒少花，結果自己身體不爭氣，這銀子花得多冤枉啊，還得被人嘲笑。」

一群大老粗，一聊起女人那可就收不住了，頓時各種葷話全都冒出來了。

「沒想到藍公子也是性情中人？」

「藍公子，等我攢夠了錢，請你去教坊司。」

「藍公子，今晚有空嗎？我請你去勾欄聽曲。」

第六章

禮尚往來

勾欄、教坊司，這樣的煙花柳巷之地，甯宸作為一名現代人還是很好奇的，但他還是以自己年紀小拒絕了他們的盛情邀請。

第一，太貴，雖然是別人請客，但以後肯定得還回去。

第二，太小……他說的是年紀。

跟他們瞎聊了一陣子，甯宸再次扛起圓木跑了起來。

中午的時候，陳老將軍備了酒宴，甯宸陪陳老將軍喝了幾杯。

這個時代的釀酒工藝不行，所以酒的度數也不高，下午甯宸繼續鍛鍊，他必須盡快讓自己變得強壯起來。

甯宸的毅力讓那些將士都佩服不已。

臨走時，陳老將軍還送了甯宸幾包藥，說是回去沐浴的時候放在浴桶裡，可活血化瘀、紓解肌肉酸痛。

甯宸道謝後，拎著幾包藥回甯府。

他現在的確渾身酸痛，跟被人打了一頓一樣，這就是長時間不鍛鍊造成的。

他回去泡個熱水澡，再加上陳老將軍給的藥，應該能舒服些。

正想著，身後突然間響起一陣尖叫聲！

甯宸下意識的回頭，就看到一輛馬車以極快的速度朝著他衝撞過來。

此時，馬車離他不過三公尺，一股寒意瞬間襲遍全身，但求生的本能讓甯宸立刻做出反應，猛地朝著旁邊撲去。

甯宸摔在地上，順勢滾了幾圈，馬車呼嘯而過，帶起一陣狂風絕塵而去。

「年輕人，你沒事吧？」

「那匹馬好像受驚了。」

「太危險了，差點就撞到這個年輕人了。」

路人圍過來，有好心人將甯宸扶起來。

「謝謝，我沒事！」

甯宸鍛鍊了一天，渾身酸痛，剛才那一摔，也沒感覺到更痛，唯一讓他心疼的就是身上的大氅弄髒了。

謝過幫忙的路人，甯宸朝著甯府的方向走去。

他的眼睛微瞇著，目光閃爍。那匹馬沒有受驚，那輛馬車就是衝著他來的。

第一，那輛馬車應該是突然加速，若是狂奔而來，動靜太大，他早就發現了。

第二，那駕車的人沒有拉馬韁的動作。

有人要殺自己，甯宸心裡生出一股寒意。

如果自己剛才被撞上，不死也殘。

會是常氏母子嗎？因為甯宸想不到還有誰會置他於死地，看來自己以後要多加小心了。

必須得讓自己盡快變得強大，實力才是硬道理。

甯宸回到甯府，發現甯府冷冷清清，下人少了很多。

甯宸有些好奇，這時一名丫鬟從拱門外走進來，看到甯宸有些驚訝。

「四公子，您沒去狀元樓嗎？」

「嗯？」甯宸有些奇怪地看著他。

「大公子今日殿試，臨場作詩一首，陛下很高興……過幾日，大公子就要入職翰林院了。」

「所以，老爺今日在狀元樓大擺宴席，慶祝大公子入職，狀元樓人手不夠，府裡人都去宴席上幫忙了……四公子怎麼沒去啊？」

丫鬟問完，才覺得不妥，四公子不受寵，這也不是什麼祕密。

「四公子，那我先去忙了！」丫鬟施了一禮，匆匆跑開了。

甯宸苦笑了一聲，連府裡的下人都去了，竟然沒人通知他一聲，自己果然只是個外人啊。

不過甯甘狗命真好。

朝堂上有句話，先入翰林，再入內閣，有左相和甯自明鋪路，甯甘日後肯定會平步青雲。

甯宸搖搖頭，把這件事拋之腦後，畢竟狀元樓的飯菜他已經吃過兩次了。

他回到房間，稍微休息了一會後，讓人準備了熱水，將陳老將軍送他的藥材放進水裡，舒服地泡了個澡。

一直到深夜，甯宸都睡了，卻被外面的吵雜聲吵醒，是甯自明等人回來了。聽他們說話大舌頭，就知道喝多了！

甯宸翻了個身，繼續睡，明天他還得去將軍府。

可睡著沒一會，房門被砸得震天響，馬上就被驚醒了。

「甯宸，開門，快開門！」聽聲音是甯甘。

接著是甯茂的聲音：「甯宸，我知道你在裡面，快開門！不然我踹門了！」

甯宸本不想理會的，但實在是煩了，下床走過去打開門。

「你們有病啊？大半夜的不睡覺？」

甯甘喝得滿臉通紅，大著舌頭呵斥道：「甯宸你放肆，怎麼跟大哥說話呢？大哥現在可是翰林院編修，正七品……你見了大哥是要下跪磕頭的……現在，我命令你，給大哥跪下！」

甯宸冷笑，一個正七品？在京城，一板磚下去，二品三品都能砸倒一大片，七品算個屁。

「傻子，滾蛋！再敢吵我睡覺，手都給你剁了。」

甯茂嚷嚷道：「甯宸，你敢辱罵朝廷命官！大哥，打他三十大板，看他還敢不敢囂張？」

甯宸都被氣笑了。

甯甘揮揮手：「算了算了……今天我高興，就不跟他計較了。甯宸啊，大哥還是惦記著你的，怕你晚上沒飯吃，專門給你打包回來了。」

甯宸這才發現，甯甘手裡提著一個油紙包。不等他反應，甯甘將手裡的油紙包丟了過來。

甯宸沒接，油紙包掉在地上摔爛了，露出裡面的骨頭。

甯甘臉上帶著陰笑，道：「怎麼這麼不小心？現在只能委屈四弟趴在地上吃了。」

「大哥，給他吃了，府裡的狗吃什麼？」

甯甘道：「先給著四弟吃，不能委屈了他。畢竟他平時吃的還沒狗吃得好，狗少吃一頓沒關係。」

甯茂誇張地大笑了起來：「甯宸，快吃啊！看大哥多心疼你！」

甯宸臉色難看至極，但突然，他笑了起來：「多謝大哥。大哥給我送來吃的，我這個當弟弟的不能不懂事，禮尚往來，我也有一件禮物送給你。」

甯宸說完，轉身回到了房內，但很快就出來了，手裡還拎著尿壺。

「兩位，一點薄禮，希望你們別嫌棄。」

不等兩人反應過來，甯宸直接潑了過去。

甯甘被直接來了個正面暴擊；甯茂也差不多，幾乎是被潑得滿身。

兩人也看清了甯宸手裡的東西，下意識地往後退，結果腳下不穩，摔得四仰八叉。

甯宸追上去，把尿壺裡最後一滴液體倒在甯茂頭上才罷手。他現在只恨自己只撒了一次尿，早知道多喝點水，多撒幾次。

「甯宸，你這野種，竟敢用尿潑我們！我……嘔……」甯茂話還沒說完，直接乾嘔了起來。

「甯宸，我是朝廷命官，你敢……呸呸呸……嘔……」甯甘也是一樣，話說到一半，實在受不了嘴裡的騷味，一陣乾嘔。

甯宸冷笑著說道：「我是在幫你們醒酒，不用客氣！對了，童子尿可治病，你們算是占便宜了……就是最近有點上火，味道可能不怎麼好。」

甯宸說完，轉身走進房間，一腳將地上的骨頭踢了出去。

「這些就留給你們自己享用吧。」

旋即，他「匡啷」一聲關上了門。

「甯宸，你給我滾出來，你敢用這等汙穢之物潑我們！我……嘔……」

「我一定要告訴父親，讓你吃不了兜著走！嘔……」

兩人在院子裡破口大罵，正罵得起勁時，房門「咯吱」一聲開了，甯宸拎著尿壺走了出來。

「罵了半天，口乾了吧？我這又給你們準備了一泡，潤潤嗓子接著罵。」

甯宸作勢要潑，甯甘和甯茂嚇得連滾帶爬的跑遠了。

「甯宸，你給我等著，我跟你沒完！」

「明天我就告訴父親，有你受的！」

甯宸冷笑一聲，轉身回到房間關上門，將尿壺放在床下，走過去在銅盆裡洗了手，然後上床睡覺。

……

翌日清晨，甯宸吃早餐的時候，一直在等著甯自明來找他，替他兩個寶貝兒子出頭。

可早餐吃完了，也沒見甯自明來。或許是甯甘和甯茂還沒睡醒，還沒把這件事告訴甯自明。

甯宸自然不會傻等著，他來到將軍府又開始了一天的訓練。

晚上回來，甯自明也沒來找他；甯甘和甯茂也沒動靜，好像忘了昨晚發生的事一樣。

但甯宸覺得這是暴風雨前的甯靜而已，甯甘和甯茂肯定不會善罷甘休，他得小心點。

晚上睡覺的時候，他將門窗鎖死，生怕甯甘和甯茂半夜溜進來殺了他。

今天的情況比昨天好多了，雖然泡了藥浴，但訓練了一天，身上還是有些酸痛，這種情況得持續幾天，甯宸決定今天早些休息，他昨晚也被甯甘兄弟兩人鬧得沒睡好。

今天離開將軍府的時候，陳老將軍告訴他，明天天玄會在狀元樓等他。

他來到床邊，掀開被子準備上床，可就在被子掀開的一瞬間，一道黑影直衝他的面門射來。

完全是條件反射，他側頭的同時閃電般出手，一把將其捏住。

這兩天訓練的效果體現了出來，要是以前，他根本反應不過來。

手裡的東西冰涼冰涼的，甯宸定睛一看，身上的雞皮疙瘩一下子就冒了出來，汗毛根根倒豎，這竟然是一條黑色的蛇。

他抓住的是蛇身，黑蛇調轉方向，一口咬向甯宸的手臂。

甯宸猛地一甩，黑蛇被甩出去砸在牆上，然後彈到地上，身體扭曲，一時間失去了攻擊力。

甯宸衝過去，抄起頂門棍跑回來，一棍子將黑蛇的腦袋給砸爛了。

幸虧他以前在軍營抓過蛇，只是覺得噁心，並不是害怕。這要是一般人，早就被嚇傻了。

甯宸不認識這是什麼蛇，但這條蛇通體都是黑色，腦袋呈三角形，而且很凶猛……肯定是條劇毒無比的毒蛇。

如果自己真的被這東西咬一口，怕是小命難保。

甯宸臉色鐵青，眼神陰冷，肯定是甯甘和甯茂做的。

王八蛋，真夠陰險的。

甯宸並沒有急著去找甯甘和甯茂。沒有證據，找了也是白找，他們肯定不會承認。

但這筆帳甯宸是記下了，有機會再找他們算帳。

甯宸拿著頂門棍，小心翼翼地挑開被子，又將褥子翻過來，仔仔細細地檢查了一遍，雖然沒找到別的毒物，但甯宸也不敢再睡床了。

他坐在椅子上，蓋著大氅勉強睡了一夜，早上起來腰酸背痛，比訓練一天還難受。

他連早餐都沒吃就直奔將軍府。

現在去狀元樓太早了，先去將軍府訓練，順便問陳老將軍一些事。

……

來到將軍府，陳老將軍正在用早餐。

看到甯宸，陳老將軍滿臉欣慰。甯宸的毅力得到了他的認可。

京城這些公子哥，哪一個能起這麼早？哪一個能像甯宸這麼有毅力？肯吃苦？

「藍星，用過早餐了嗎？」

甯宸老實地搖搖頭：「還沒！」

「來來來，坐下一起吃，哪能空著肚子訓練的？」陳老將軍是武將，性格直爽，沒有那麼多規矩。

「謝謝老將軍，那我就不客氣了！」甯宸坐了下來。

吃飽喝足以後，甯宸才說道：「陳老將軍，晚輩有件事想要請教。」

「什麼事？」

甯宸猶豫了一下，從大氅裡面摸出一個布包然後打開，旁邊的丫鬟嚇得臉色都變了，驚呼著連連倒退。

甯宸拿出來的是一條黑蛇，腦袋都被砸爛了，看著著實嚇人。

「對不起，對不起……別害怕，牠已經死了，不會傷人。」甯宸不好意思地朝她們道歉。

幾名丫鬟從害怕變成了目瞪口呆，雖然她們不知道甯宸的身分，但能跟老將軍坐在一個桌上吃飯，身分肯定很高貴。

這樣的人竟然跟她們這些下人道歉……簡直不可思議。

就連陳老將軍和守在門口的齊元忠都詫異地看著甯宸。甯宸卻沒覺得有什麼不妥，嚇到別人了，道歉不是很正常嗎？

甯宸問道：「陳老將軍，您認識這是什麼蛇嗎？」

陳老將軍皺眉：「這是黑閻王，哪裡來的？」

「黑閻王？」甯宸眼睛微瞇：「聽名字就知道有毒。」

陳老將軍道：「豈止是毒，這種蛇劇毒無比……陀羅國的人會專門飼養這種蛇，我們的戰馬被咬上一口，撐不過一炷香的時間。」

「陀羅國的人會將黑閻王的毒塗抹在箭頭上，我們的將士要是不幸中箭，藥石無醫，只能等死。」

「好在這黑閻王極難飼養，存活率不高，不然我們的將士不知道有多少會死在這黑閻王手裡。」

甯宸遍體生寒，昨晚要不是自己反應快，現在已經是一具屍體了。

「藍星，這條黑閻王你是在哪裡發現的？」

甯宸臉色陰沉，一字一頓地說道：「在我床上發現的。」

「什麼？」陳老將軍臉色驟變。

在場的人都被驚到了，在自己的床上發現這麼一條毒蛇，想想都讓人毛骨悚然。

震驚過後，陳老將軍板著臉，一臉嚴肅！

「藍星，這黑閻王老夫在京城都沒見過幾條，這蛇竟然跑到你床上去了，只怕是有人刻意為之。這樣，你將具體情況跟老夫講講。」

甯宸思索了一下，道：「就是我準備上床的時候，一掀被子，這黑閻王朝著我撲來，幸虧我反應快……牠死了，我活著。」

雖然甯宸說得很輕鬆，但大家卻聽得心驚肉跳。

「藍公子，只怕是有人存心想要害你。藍公子家在何處？家裡幾口人，可有什麼仇人？你好好想想。」齊元忠提醒。

這點甯宸比誰都清楚，而且也知道凶手是誰，他不說，是不想連累陳老將軍。

其實就算說了也沒用，因為他沒證據證明這件事是甯甘和甯茂做的。甯宸笑了笑，道：「黑閻王京城少見，不代表沒有，可能是不小心爬到我床上的。」

「藍公子，你別不當回事……你這次安然無恙，是運氣好，因為如今天氣寒冷，黑閻王快冬眠了，行動不快……如果天氣暖和，後果不堪設想。」

甯宸笑著說道：「但我真的想不出有什麼仇人？」

「藍公子，這可不是開玩笑的，你認真想想，事關你的安危……」

陳老將軍擺擺手，示意齊元忠別問了。

「元忠，你去多取一些蛇粉來，讓藍星帶回去。」

「是！」

齊元忠快步離開了，不一會回來便將一個白色的瓷瓶放在桌上。

陳老將軍叮囑道：「藍星啊，這是軍中將士常備的蛇粉，你回去將藥粉撒在床下，蛇蟲鼠蟻輕易不敢靠近。」

「謝謝陳老將軍！」

陳老將軍笑著點點頭：「行了，你去訓練吧！記住，別訓練太久，你還有正事。」

甯宸「嗯」了一聲，帶著蛇粉告辭離開了。

甯宸走後，齊元忠忍不住說道：「老將軍，這黑閻王在京城的價格不菲，只有那些放鷹逐犬的公子哥可以通過見不得光的渠道弄到。」

「現在這黑閻王竟然出現在藍公子床上，這分明是有人要害他。」

陳老將軍虎眼一瞪：「就你聰明……老夫也知道有人要害這小子。而且藍星明顯自己也知道。」

「但他為什麼不說呢？」

「不說，肯定是因為有忌憚……行了，這件事你別管了，老夫自有決斷。」

……

臨近中午的時候，甯宸離開了將軍府來到狀元樓，天玄已經在等著他了，還是之前那間包廂。

甯宸敲敲門，裡面響起天玄渾厚富有磁性的聲音。

「進來！」

甯宸推門而入，包廂裡除了天玄、娘娘腔、大鬍子以外，還有兩個年輕人，一男一女。

男的氣度不凡，眉宇間跟天玄很像；女孩稚氣未脫，雖然長得很漂亮，但甯宸只是看了一眼就移開了目光。在他看來，這姑娘只是個孩子。

甯宸作揖，笑著打招呼：「大叔，你是來找我買詩的嗎？」

太子打量著甯宸，有些驚訝，雖然早知道寫出那首曠世之作的人是個少年郎，沒想到比他想像中的還要年輕。

懷安公主也在打量甯宸，表情略帶失望。本以為能寫出那種曠世之作的人，必然是溫潤如玉、風度翩翩的佳公子。

可眼前的人瘦瘦小小的，個頭比她也高不了多少，一副營養不良的樣子。

玄天笑著說道：「你這小子，就這麼缺錢嗎？」

甯宸認真地說道：「我這種無權無勢無背景的三無人員，當然得多賺點錢囉。」

玄帝看了一眼九公主，然後對甯宸說道：「胡說，你才華橫溢，要是考個狀元，說不定陛下會將公主許配給你。」

甯宸連連擺手：「大叔，這話可不能亂說，傳到陛下耳朵裡是要掉腦袋的。」

好傢伙，雖然你是福王，也別胡說啊，私自議論皇家之事可是大罪，你是皇親貴胄，我就一個小老百姓，你可別害我啊……甯宸心裡瘋狂吐槽。

天玄笑道：「這裡都是自己人，閒話家常不礙事的！」

「我記的你說過你今年十五歲，三年一度的科考，到時候你剛好十八歲……以你的才華，考個狀元，陛下說不定真的會招你為乘龍快婿。」

甯宸連連擺手：「千萬別，我就一個小老百姓，高攀不起……正常人誰會娶公主啊？」

懷安公主前面還覺得這小子有點自知之明，結果最後一句讓她黑了臉。

天玄也有些錯愕地問道：「你這話是什麼意思？娶公主很委屈你嗎？」

「不委屈嗎？」甯宸反問，然後說道：「我覺得吧，兩個人成婚，應該不分貴賤，舉案齊眉，相敬如賓，白頭偕老，好好過日子。」

「可娶了公主，你得一天三次準時向公主請安。明明是自己的夫人，想要同房還得請示，得公主同意才行……關鍵是你還得提前幾天請示。」

「這哪是人過的日子啊？關鍵是你還得忍著，不能有情緒……不然陛下一怒，喀嚓一下，小命沒了。」

這個世界皇權至上，不止如此，娶了公主還不能納妾。

作為一個穿越而來的現代人，甯宸才不會傻到去娶公主呢。

公主，呵……狗都不要。

甯宸是吐槽舒服了，可玄帝、太子和九公主心裡可彆扭極了。

尤其是九公主，要不是玄帝提前叮囑過，她早就讓人把甯宸拉下去賞他一頓板子了，竟然敢吐槽皇室，真是膽大包天。

全公公和聶良低著頭，額頭冷汗直冒。

好傢伙，這是吃了熊心豹子膽，竟然藐視皇室，吐槽公主？他們真擔心玄帝大怒，把甯宸拉下去喀嚓囉。

「哈哈哈……」玄帝突然大笑：「聽起來是有點慘啊！」

甯宸點頭：「可不是呢，所以寧願孤獨終老，都不能娶公主。」

懷安公主氣得鼻子都歪了，要不是太子悄悄拉了拉她，她都忍不住要衝上去給甯宸一腳了。

太過分了，堂堂大玄公主，竟被嫌棄成這樣？

甯宸擺擺手，道：「大叔，不能再說了，點到即止……再說就屬於大逆不道了。」

聶良和全公公微微鬆了口氣，心說你還知道這是大逆不道？就你剛才那些話，夠砍十次腦袋了。

「大叔，我們還是聊聊詩詞吧？這次想買什麼樣的詩？」

玄帝擺擺手，道：「詩詞我們一會聊，今日找你來，是有件事要問你。先給你介紹一下，這兩位是我的兒子女兒，他們是久仰你的才名，所以嚷著要跟來，你不會介意吧？」

「不會不會……」好傢伙，這可是小福王和小郡主啊。

甯宸一邊說，一邊看向太子和九公主，笑著說道：「幸會！我叫藍星。」

太子笑道：「玄宏，久仰大名！」

大叔叫天玄，兒子叫玄宏，有些奇怪啊，但甯宸並沒有多想。

九公主則是哼了一聲，撇過頭去。

甯宸一腦門問號，什麼情況？大叔的女兒好像不太喜歡他？

天玄臉色微微一沉：「不得無禮！」
甯宸笑了笑，道：「沒事沒事，小孩嘛，有點性格也是正常的。」
九公主更生氣了，心說你就比我大一歲，裝什麼老氣橫秋？
玄帝搖頭失笑，道：「藍星，還記得你之前給我的三條對策嗎？」
甯宸點頭，三條對策，三百兩銀子，他怎麼可能不記得？
天玄問道：「那你覺得，若要實施，用哪條計策比較好？」
甯宸一臉傻眼：「大叔，這得當今聖上說了算，問我也是白問啊。」
「這不是閒話家常嗎？說說看。」
甯宸思索了一下，道：「如果是我，我就雙管齊下，用後面兩個對策。」
「先揍一頓……呃，我的意思是，先打陀羅國那些強盜一頓，把他們打痛……然後再開通互市，讓他們用戰馬來交換過冬的物資。」
「如果直接開通互市，陀羅國的人會以為我們怕了他們……所以，打一桿子再給個甜棗，恩威並濟，才是王道。」
玄帝發出一陣爽朗的笑聲。
「好好好……我沒看走眼，藍星啊，你有治世之才！」
玄帝說完，看了一眼太子。
太子滿臉慚愧，這個問題之前父皇也問過他，可他並沒有回答上來。他也終於明白今日父皇為何要帶他來了……是來學習的。

甯宸謙虛地說道：「大叔謬讚了，我就是胡說。」

玄帝擺擺手，道：「藍星，有才華是好事，不必過分自謙。今日找你，還有一件事……我最近偶得一首佳作，你給評價評價？」

甯宸點頭：「大叔請講！」

玄帝沉吟了一下，開口說道：「盛德方迎木，柔風漸布和。百姓忙耕種，大地贈福澤。」

甯宸一下子愣住了。

後面兩句他沒聽過，但前面這兩句，是司馬光的詩……就是砸缸救人那位兄弟，難道這個世界也有司馬光？

不對，如果這個世界有司馬光，這首詩的後面兩句就不會連平仄都不對。

難道有人跟自己一樣，也是穿越而來，但只記得這首詩的前兩句……後兩句是臨時瞎編的？

玄帝沒注意到甯宸的臉色不對，自顧自地說道：「這首詩前兩句乃是佳作，但這後兩句，我覺得差太遠了。」

甯宸收斂心思，道：「大叔，這首詩是何人所作？」

玄帝的眼神變得有些古怪，他緩緩說道：「此詩乃是今科探花，甯甘所作。」

甯宸人傻了。

草……這怎麼可能？

他想到了所有可能，卻沒想到這首詩是甯甘寫的。

玄帝有趣的看著甯宸的反應：「藍星，你可知道這甯甘是什麼人？」

我當然知道，一個心思歹毒的陰險小人，甯宸心說。但他表面不動聲色，道：「大叔剛才不是說了嗎？他是今科探花。」

玄帝嘴角微微一抽，這小子還挺能裝。

突然，甯宸眼神一縮。他想起一件事，在去將軍府的前一天晚上，他打算寫首詩送給陳老將軍，但寫了好幾首都覺得不合適……其中好像就有這首詩。

沒錯，的確有……他當時只寫了兩句。

他明白了，當時寫完，他並沒有將草稿丟掉，第二天一早他就去了將軍府，甯甘應該那時候進過他的房間。

這孫子偷他的詩，自己改了改，殿試的時候拿著去唬弄皇帝了。

甯甘啊甯甘，你往我床上放黑閻王，想要置我於死地……那可就別怪我禮尚往來。

「大叔，這首詩叫什麼名字？」

玄帝道：「詠帝。」

甯宸嘴角一抽，這首詩描寫的是春天，萬物復甦，農民耕種，國泰民安的景象，不過非要跟皇帝扯上關係，也不是不可以……畢竟國泰民安，也是皇帝領導得好。

玄帝問：「藍星，你覺得這首詩如何？」

甯宸笑道：「這首詩前兩句算是佳作，後兩句平仄不對，狗屁不通。」

玄帝點頭，他也是這樣覺得。

「大叔，小子斗膽，想要幫這首詩潤色一下。」

眼前的人可是福王，如果自己潤色後，這首詩傳到陛下耳朵裡……你甯甘就得背上才疏學淺的名聲。

文人重名，名聲壞了，非但會被人唾棄，以後想升官也難了。

甯甘，你做初一，就別怪我做十五……甯宸心裡冷笑。

玄帝眼神一亮，太子也是一樣，一臉期待的看著甯宸。

畢竟甯宸現在才名在外，有他潤色，這首詩肯定會更上一個臺階。

玄帝點頭：「藍星，你儘管潤色，讓我這兩個不成器的孩子見識見識你的才氣。」

太子倒是沒什麼反應，平時被玄帝嫌棄習慣了；九公主直翻白眼，心說早知道就不來了。

甯宸思索了一會，一拍手道：「有了！」

玄帝迫切道：「快說。」

甯宸緩緩開口：「盛德方迎木，柔風漸布和。省耕將效駕，擊壤已聞歌。」

玄帝兩眼放光，低語道：「省耕將效駕，擊壤已聞歌……好，好詩！」太子也念叨了幾遍，滿臉激動，忍不住道：「妙、妙啊！此詩經過藍公子潤色，又是一首不可多得的佳作。」

「那甯甘有探花之才，藍公子有狀元之才……不，有大學士之才。」九公主美目流轉，詫異地看著甯宸，這人雖然說話討厭，但才情過人。這詩經他潤色後，完全是一首新的佳作。

安公公也不知道聽懂了沒，但一臉諂笑，笑得像個太監……不，他就是個太監。

玄帝龍顏大悅，看向太子，道：「宏兒，以後你要跟藍星多多學習，明白嗎？」

第七章

徹查

太子點頭，心裡大概明白了父皇的意思，這個藍星的確是個可用之才。

太子思索了一番，將腰間的一把匕首取下來，然後遞給甯宸，道：「藍公子，我出來得急，身無他物，這把匕首送給你，當作見面禮，還請不要嫌棄。」

甯宸微微一怔，看著對方手裡的匕首。

這把匕首造型精美，上面以紅寶石點綴，造型精美，一看就價值不菲。

這怎麼好意思啊？不能直接要，得客氣客氣。

他連忙搖頭：「這可不行，這東西太貴重了，我不能要。」

太子笑道：「藍公子，我是真心想交你這個朋友，還請別推辭。」

甯宸有些為難，人家都這樣說了，不收好像不合適。

這是玄帝開口：「藍星，小東西而已，拿著吧！以後你們年輕人之間多走動。」

「既然如此，那我就恭敬不如從命了……多謝大叔，多謝玄公子。」甯宸接過匕首，再次道謝。

玄帝起身，道：「出來時間不短了，該回去了。藍星，剛才你潤色的那首詩很不錯，算你兩百兩銀子。」

甯宸兩眼放光：「大叔，只是潤色，你給得太多了吧？」

玄帝笑著說道：「不多，銀子我繼續給你存著，需要的時候找我拿。」

「謝謝大叔！」

「行了，今日時間不早了，我們該回去了……藍星，你照舊吃完飯再回去。」

甯宸連連道謝，怪不好意思的，連吃帶拿。

……

回皇宮的馬車上，玄帝看向太子：「你覺得這個藍星如何？」

太子恭敬作答：「藍星的確才華過人，機智又有謀略，是個不可多得的人才。但是，才華不代表人品，這點臣還得慢慢觀察觀察再說。」

玄帝滿意的點點頭。

「那你們以後就多接觸接觸。」

「兒臣遵命！」

九公主美目一翻，哼了一聲。

玄帝輕笑：「懷安對甯宸有意見？」

「父皇，你沒聽他怎麼說的嗎？說什麼傻子才娶公主，這是藐視皇威……我看他人品不怎麼樣，膽子倒是挺大。」

玄帝笑了起來：「他不知道我們的身分，說話不中聽也可以理解。」

「哼，反正我不喜歡他。」九公主皺著鼻子，一臉不開心。

甯宸不知道，他的一番吐槽徹底得罪了九公主。

「其實他的真名不叫藍星，他叫甯宸，是禮部尚書甯自明的四兒子。」玄帝突然透露出了甯宸的身分。

九公主興奮道：「父皇，他這可是欺君之罪，你趕緊讓人把他抓起來打他一頓。」

玄帝笑道：「他隱瞞了身分，我們也一樣啊。甯宸這孩子在甯府過的並不好，具體原因朕也沒有弄清楚。」

「朕之所以告訴你們他的身分，只希望你們知道他是誰，若有一天找他有事，也知道去何處尋他。」

「但切記，輕易不要暴露你們的身分。」

太子急忙道：「兒臣遵旨！」

九公主美眸閃爍，眼神狡黠，不知道在想什麼？

玄帝看了一眼，嘴角微揚。

……

此時，甯宸正在大快朵頤。

吃飽喝足後，甯宸回到陳老將軍府繼續訓練。

本來想先去跟陳老將軍問安，齊元忠告訴他，陳老將軍進宮去了，甯宸便直接去了演武場。

……

玄帝回宮後，太子和九公主便離開了，他便帶著全公公和聶良步行前往養心殿。

「全盛，你覺得甯宸潤色後的那首詩如何？」

全公公俯身作答：「奴才覺得，甯公子潤色後，那首詩提升了好幾個境界……完全是一首新的佳作。」

玄帝淡淡地說道：「甯甘是甯宸的大哥。」

全公公心裡一驚，說道：「陛下的意思是，這首詩是甯公子替他大哥捉刀所作？」

玄帝冷哼一聲：「如果甯宸要幫甯甘，這首詩就不會前兩句是佳作，後兩句狗屁不通。」

全公公臉色一變：「難道是甯甘偷了甯宸公子的詩？」

玄帝冷笑一聲，沒有再說話。

全公公偷瞄了一眼玄帝的臉色，心裡默默地為甯甘哀悼了幾秒。

陛下最討厭品行不端，沽名釣譽之輩。

玄帝突然問道：「聶良，讓你調查甯宸的事怎麼樣了？」

聶良急忙道：「回陛下，已經差人前往甯宸公子的老家了，相信這幾天就會有消息。」

玄帝「嗯」了一聲，來到養心殿門口，一名小太監邁著小碎步迎上來，跪倒在地，道：「陛下，陳老將軍求見！」

「老將軍人呢？」

「在養心殿候著。」

玄帝點了一下頭，邁步走進了養心殿。

陳老將軍坐在一張小圓凳上，正襟危坐，聽到腳步聲，他急忙拄著拐杖站起來。

「老臣參見陛下！」

「陳老將軍無需多禮，有事坐下說。」

陳老將軍沉聲道：「陛下，有人要殺藍星。」

「什麼？」玄帝一驚：「朕剛見過他，到底怎麼回事？」

「有人將黑閻王放進了藍星的被子裡……」陳老將軍將事情說了一遍！

玄帝聽聞，臉色難看。

「混帳，對一名羸弱少年竟然動用如此惡毒地手段，可惡至極！」

陳老將軍俯身說道：「陛下，黑閻王乃是陀羅國獨有之物。」

玄帝眼睛微瞇：「老將軍是懷疑有人勾結陀羅國？」

「老臣不敢確定，只是懷疑。」

玄帝微微點頭：「寧可信其有，不可信其無……全盛，你去把耿京給朕找來。」

全公公心裡一突，這件事要鬧大了。

耿京掌管整個監察司，監察司獨屬玄帝領導，負責監察百官。五品以下官員，只要證據確鑿，監察司有先斬後奏之權。

上到朝堂，下到各地州縣，所有官員，聞監察司之名，無不聞風喪膽。

而此時的甯宸還在演武場上揮汗如雨。

「藍公子，休息一會吧！」齊元忠喊道。

甯宸又跑了幾圈才停了下來。

經過這幾天的訓練，效果還是很顯著的。雖然甯宸還是很瘦小，但精神奕奕，人也精壯了不少。

「藍公子，我發月俸了，今晚請你去教坊司。聽說教坊司新來了一批姑娘，嫩得都能掐出水來。」一名壯漢笑的滿臉淫蕩。

甯宸翻個白眼，笑道：「又浪費銀子，又消耗體力，我才不去呢。」

「藍公子不會還是雛兒吧？」

甯宸昂起頭：「瞧不起誰呢？想當年，我可是夜御數女槍不倒，號稱一夜九次郎。」

眾人哄然大笑。

甯宸道：「笑什麼？不信是不是？你們知道人生六大美事是什麼嗎？」

「什麼？」

「人生六大美事：賞花、攀峰、探幽、插花、觀潮、焚香……現在相信了吧？這都是我的經驗之談。」

一名壯漢笑著說道：「可藍公子今年才十五歲啊，想當年……難道藍公子七八歲就可以了？」

「呃……這個，那個……管你什麼事？」甯宸忘了，他現在才十五歲，吹牛吹過頭了。

跟大漢們胡扯了一陣子，天色漸晚，甯宸告辭離開了。

回到甯府，剛進門，一名丫鬟跑過來告訴甯宸：「四公子，老爺讓你回來後趕緊去正廳。」

甯宸皺皺眉，這老渣男又想幹什麼？

……

甯宸到正廳，發現除了甯自明一家，還有一名小太監和幾名帶刀護衛。他有些納悶，這幾個人一看就是宮裡的人，甯自明叫他來做什麼？

那小太監打量著甯宸：「你就是甯宸？」

甯宸怔了怔，心裡嘀咕，這好像是衝著他來的。

奇怪了，自己一個無名小卒，這小太監找他做什麼？

「在下正是甯宸。」

小太監開口道：「傳公主口令，甯宸聽令。」

皇帝的話為聖旨，皇後貴妃為諭，公主為令。

甯宸一腦門的問號，這什麼情況啊？

小太監怒道：「還不跪下？」

甯宸皺眉，最討厭的就是這個世界動不動就要下跪，但沒辦法，只能跪下。

小太監道：「公主口令，甯宸藐視皇威，責令，跪滿兩個時辰才能起身。」

甯宸一下子傻眼了。讓他跪兩個時辰？這公主是有病吧？

他也沒得罪過公主，而且根本不認識公主……草，莫名其妙。

甯自明等人面面相覷，甯宸怎麼惹上公主了？他怎麼認識公主的？

甯宸皺眉道：「這位公公，是不是搞錯了，我根本都不認識公主。」
「放肆，公主能搞錯嗎？」
甯宸都快無語死了。
「那麼請問公公，我所犯何罪？還有，是哪位公主讓我罰跪的？」
小太監尖聲說道：「所犯何罪你自己心裡不清楚嗎？罰你的是五公主。」
五公主？
「這位公公，我確定這是個誤會……因為我根本不認識五公主。」
小太監冷哼一聲，道：「這你跟我說不著，老老實實在這裡跪著，不跪滿兩個時辰，後果自負！」
說完，小太監對甯自明說道：「甯大人，告辭了！」
「我送送公公！」
甯宸心裡那個憋屈啊，這五公主腦袋被男人大腿夾壞了吧？莫名其妙地收拾他做什麼？
甯宸看向常如月母子，瞇起眼睛，道：「這是你們搞的鬼吧？本事不小啊，竟能請動五公主……你們怎麼不讓她把我殺了呢？」
常如月母子一臉傻眼。
「甯宸，你少在這裡血口噴人。」甯甘怒道。
甯宸冷笑，因為他想不出，除了眼前這幾個人，還有誰要為難他？
便在這時，甯自明回來了。

「宸兒，你怎麼招惹到了五公主？」

甯宸冷笑：「甯尚書，別裝了，我一個無名小卒，怎麼可能見到五公主……你應該問問你家夫人，宰相之女，是不是她請五公主整我？」

甯自明皺眉：「這不可能，你母親雖是宰相之女，但長居府中，很少外出，根本見不到五公主。」

「宸兒，你好好想想，是不是你什麼地方得罪了五公主而自己不知道？這可不是小事。」

甯宸怒了：「我他媽連五公主長的是圓的還是扁的都不知道，我上哪裡得罪她去？」

「放肆，注意你的言辭。」甯自明怒斥。

甯宸冷笑，自己莫名其妙被罰跪，還不許他吐槽幾句了？不過，這件事的確很古怪。

如果真的是常如月的手筆，不可能只是讓他跪兩個時辰……讓五公主處死自己才對。

突然，甯宸想到一件事。

「甯尚書，這個五公主多大年紀？」

「你問這個做什麼？」

「我看看我認識的女人裡面，有沒有能跟五公主對上的？」

甯自明道：「五公主今年應該二十二歲。」

甯宸嘀咕道：「那就不是她。」

「不是誰？」

甯宸搖頭，他剛才想到了福王的女兒，但那個丫頭才十幾歲，不可能是五公主。他思來想去，確定自己不認識這個五公主。

「甯尚書，我確定這件事是個誤會……我根本不認識五公主。」

甯自明皺眉：「當真不認識？」

「我說了不認識就是不認識。」

「那五公主為何要懲罰你？」

甯宸沒好氣地說道：「我怎麼知道？」

說不定這五公主腦子有病，小腦萎縮……甯宸心裡吐槽。不過他倒是想到了兩種可能。

第一，有人得罪了五公主，冒用了自己的名字，自己莫名其妙成了代罪羔羊。

第二，福王的女兒，她肯定能見到五公主，把自己今天吐槽公主的那些話告訴了五公主。

如果是第二個，下次見到福王得跟他好好說說……說好了是閒話家常，怎麼能背刺他呢？這小丫頭的嘴比棉褲腰還鬆。

甯自明道：「好了，不管是不是誤會，既然公主有令，你就跪著吧。」

常如月還是一副慈母的表情，但心裡卻樂開了花；甯甘兄弟三人毫不掩飾自己的幸災樂禍。

「甯宸，這可是五公主讓你跪的，這得是多大的福分啊，別人羨慕都羨慕不來。」

「對對對，我們想跪都沒這個機會。」

「還得是四弟，這運氣就是好。」

甯甘兄弟三人在旁邊說著風涼話。

甯宸黑著臉，心裡把五公主祖宗十八代問候了好幾遍。

「甯尚書，你說我要是不跪會怎麼樣？」

甯自明臉色大變：「不可胡來，公主之令，代表著皇家……你敢違抗，整個甯府都得被牽連。」

「真的嗎？意思是我死的時候，能拉上你們墊背是不是？那太好了……老子不跪了，一起等死吧。」

甯宸站起身轉身就走，這一下把甯自明等人嚇得臉色發白。

「甯宸，快回來！趕緊跪下！」連常如月都慌了神。

甯自明壓低聲音怒吼：「甯宸，給我滾回來。」

這要是傳出去，被五公主知道，他們都得受牽連。

藐視皇權，這可是大罪。

「時間不早了，大家晚安！」甯宸瀟灑地擺擺手，然後頭都沒回，揚長而去。

「混帳東西，這個逆子，他是要害死我們嗎？」甯自明氣得暴跳如雷。

常如月趕緊安撫：「老爺，小聲點，可千萬別被下人聽到……這事要是傳出去，我們都完了。」

甯自明怒氣難消，把矛頭對準了甯甘三人。

「你們三個混帳東西，成事不足敗事有餘，你們惹他做什麼？」

三人被罵了個狗血噴頭。

「你們給我聽清楚了，不管誰問起來，都要說甯宸跪足了兩個時辰，聽到沒有？」

甯甘三人連連點頭保證。他們心裡那個氣啊，甯宸這個野種，遲早弄死他。

甯宸則是回到房間，檢查了一下床鋪，確定床上沒有毒物，這才鬆了口氣……他害怕床上再冒出一條毒蛇、毒蜘蛛什麼的。

他將陳老將軍送給他的蛇粉撒在床底下，準備泡個藥浴然後睡覺。至於五公主讓他跪兩個時辰的事，他早就拋之腦後了。

媽的，家是死人了嗎？這麼喜歡讓人跪。老子就不跪，誰愛跪誰跪去。

他賭甯自明不會讓這件事傳出去。

……

翌日清晨，甯宸起床，洗漱過後準備去陳老將軍府。

他現在都不在府裡吃早餐，擔心常如月母子給他下毒。

一般他都會在路上買早餐，幾文錢就可以吃得很飽，有時候也會踩著點去將軍府白吃白喝。

結果一出門，剛好碰上了甯甘。甯甘一身嶄新的官服，神采飛揚。

今天是甯甘入職的日子。

昨晚因為甯宸，他們兄弟三人被父親給罵了個狗血噴頭，所以甯甘看到甯宸也沒有什麼好臉色。

「甯宸啊，你這一天早出晚歸，鬼鬼祟祟的幹什麼呢？」

「我可警告你，我們甯家不是什麼小門小戶，你可不要做出連累我們甯家的事。」

甯宸嘴角微揚，笑容燦爛：「別擔心，我怎麼會做出危害甯家的事呢？我早出晚歸，只是在偷偷刨你家祖墳而已。」

甯甘表情一僵，臉色難看。

剛好，甯自明這時出來了，也聽到了甯宸的話，氣得頭頂冒煙。

「混帳，你這逆子！甯家難道不是你家？」

甯宸冷笑：「是我家嗎？那你倒是把房契給我啊。」

「你……逆子，我看你是癲病還沒好，大清早胡言亂語。」

「今日是你大哥入職的日子，你就不能說兩句吉祥話？」

甯宸冷哼一聲，直接轉身走了。真倒楣，你以為我大清早想看到你們似的？他心裡吐槽。

還說兩句吉祥話，那我祝你仕途步步踩坑，官運道道是坎。

「混帳東西，混帳東西……」甯自明氣得跳腳。

甯甘眼神陰冷地盯著甯宸的背影，他不明白，甯宸態度這麼惡劣，父親為什麼還能忍？

甯宸懶得理會他們怎麼想，去將軍府途中吃了個早餐，然後來到將軍府開始了一天的訓練，一直訓練到中午。

甯宸正準備找陳老將軍白吃白喝，結果齊元忠告訴他，門口有人要見他。

甯宸一臉納悶的來到門口。

將軍府前停著一輛豪華的馬車，車夫是名身體壯碩的中年男子。

甯宸正在疑惑的時候，馬車上的窗簾挑開，露出一張貴氣的臉。

「藍星，上來！」

甯宸怔了怔，沒想到是玄宏小王爺。

「玄公子，找我有事嗎？」

太子笑著說道：「這會有時間嗎？請你吃飯。」

甯宸猶豫了一下：「下午我還得訓練，吃飯就算了吧。」

「無妨，只是吃個便飯，不會耽誤你的事。」

「那行吧！」

甯宸跳上馬車進到車廂。

「走吧，去天福樓！」

甯宸眼睛一亮，天福樓的烤鴨可是京城一絕，可惜他從來都沒吃過。

甯宸笑著問道：「玄公子，你找我是有什麼事吧？」

太子微笑著問道：「為什麼這麼問？難道作為朋友，我就不能單純地請你吃頓飯？」

甯宸狐疑：「真的沒事？」

「就是單純的吃飯！」

甯宸聳聳肩：「好吧，我還以為你要找我求詩呢？」

「那我要是真的找你求詩呢？」

「看吧，我就知道你找我有事……說吧，要什麼樣的詩？看在你請我吃飯的份上，我算你便宜點。」

太子笑道：「還要錢？」

甯宸看白癡似的看著他：「大哥，親兄弟也得明算帳，朋友歸朋友，生意歸生意……我最討厭白嫖的人了。」

當然，我自己除外……甯宸在心裡補了一句。

太子好奇地問道：「你很缺錢嗎？」

「廢話，誰不缺錢？」甯宸掏出幾錢碎銀子：「你看，這是我全部家當了。」

「你在我父親那裡存了五百兩銀子，別以為我不知道。」

甯宸翻了個白眼，道：「大哥，五百兩很多嗎？我家裡人都死絕了，如今只剩下我自己……我得買個住宅吧？京城的住宅太貴了，五百兩只能買周邊的。」

「還有，我以後得娶妻生子吧？我不得提前把聘禮準備好？就我這樣的，沒錢有哪家姑娘願意嫁給我？」

「這處處都得用錢，我那五百兩根本不夠。」

太子嘴角微微抽搐。

家裡人死絕了？看來甯宸在甯家過得很不好，不然不會說出這樣的話。

太子笑道：「以你的才氣，只要站出來承認自己就是藍星……不知道有多少大家閨秀爭著搶著要嫁給你。」

「千萬別……人怕出名豬怕壯，木秀於林風必摧之……我只想賺錢，不想出名。」

好傢伙，如果甯自明那狗東西知道自己一首詩可以賣不少錢，那不把自己榨乾，絕對不會放自己離開甯府。就算要出名，也得等搬出去以後。

甯宸突然盯著太子手裡的摺扇噗哧笑了出來。

太子不明所以：「你笑什麼？」

「我笑你們這些名門子弟真有趣，這大冷天的還拿把扇子……附庸風雅也得分季節吧？」

太子怔了怔，低頭看了看自己手裡的扇子，搖頭失笑。

「你說的不無道理，那這把扇子送給你了！」

「啊？」甯宸接住對方丟過來的扇子，有些傻眼。但他很快就反應了過來，一邊把扇子往懷裡揣，一邊說道：「這怎麼好意思呢？」

這把扇子上的玉墜溫潤透徹，一看就是塊好玉，價值不菲，肯定值不少錢。

甯宸連連道謝，但悄悄移開了視線，剛才可能是眼花了，他發現玄宏腦門上出現幾個字……地主家的傻兒子。

說話間，兩人來到天福樓。

甯宸以為在大廳吃，沒想到玄宏已經預定好了包廂。

兩人來到包廂落座等著上菜，夥計很快就魚貫而入，桌上擺滿了美味佳餚，其中就有甯宸心心念念的烤鴨。

甯宸嚥了口口水，看向玄宏：「玄公子，我們可以動筷子了吧？」

他訓練了一上午，早就餓得前胸貼後背了。

太子笑道：「今日就你我二人，不必拘謹，請！」

「那我就不客氣了！」

甯宸伸手就撕了一隻鴨腿，開始大快朵頤。

「這要是再來張餅子，配上佐料、黃瓜絲、蔥白絲之類的捲著吃，那就更完美了。」

太子笑道：「沒想到你對吃也有研究？」

「沒有沒有……就是嘴饞。」

甯宸話音剛落，「匡啷」一聲，門被推開了，一名十七八歲，衣衫凌亂，滿臉淚痕地年輕女子跑了進來。

因為甯宸坐得地方離門近，女子哭泣著向甯宸求助：「公子救我，救救我……」

甯宸還沒來得及說話，從門外走進來三個人，為首的是個錦衣華服的公子哥，喝得滿臉通紅，渾身酒氣，腳步不穩。

後面還跟著兩名一身短打打扮的男子，看樣子應該是家丁。

「看妳往哪跑？小娘子，跟我回去……本公子保妳吃香的喝辣的。」錦衣華服的公子哥一臉淫笑，朝著甯宸這邊走來。

「公子救我，幫幫我，求你了！」女子瑟瑟發抖，哭得梨花帶雨，把甯宸當成了最後的救命稻草。

甯宸看向玄宏，後者微微皺眉，神色不喜。

「小娘子，快過來，跟公子回去……要是把本公子伺候舒服了，少不了妳的好處。」錦衣華服的公子哥吐著酒氣，一臉淫蕩。

女子苦苦哀求：「公子，求你放過我吧，我已有了婚配……求你饒了我吧。」

「有了婚配又如何？退婚就是了……本公子看上的女人，誰敢拒絕？乖乖跟本公子回去……不然，只要本公子一句話，明天妳父母和兄弟姐妹都得進大牢。」

錦衣華服的公子哥說著，一把朝著女子抓去，想要把她拽過去。

甯宸起身擋在了兩人中間。

錦衣華服的公子哥斜著眼睛，盯著甯宸：「哪裡來的混帳東西，敢擋本公子的路，想死是不是？」

甯宸陪著笑臉，道：「這位公子，何必為難一個姑娘呢？要不坐下來喝一杯？你想要女人，一會我帶你去青樓，那裡的姑娘任你選，如何？」

「你算什麼東西？想要英雄救美？你知道我是誰嗎？」

一名家丁接過話頭，耀武揚威地說道：「小子，我家公子身分尊貴，不是你這種人能得罪得起。奉勸你，不想死趕緊滾開。」

甯宸臉色一沉，就在這時，玄宏走過來，在甯宸耳邊說道：「藍星，這件事我們別管了，這個人我們惹不起。」

甯宸心裡一驚，玄宏可是小王爺，竟然連他都惹不起？

「他是誰？」

玄宏壓低聲音說道：「他是五皇子。」

甯宸眼神劇烈收縮，這身分是夠嚇人的。

「他這樣，難道當今陛下就不管嗎？」

玄宏小聲解釋：「誰敢啊？就算告到陛下那裡，陛下頂多是斥責……但事後五皇子的報復，沒人能夠扛得住。」

「藍星，聽我的……這件事別管了，我們都惹不起他。」

「為了一個毫不相干的女子，得罪五皇子，不值得！」

甯宸陰沉著臉沒說話，五皇子他的確得罪不起。

「玄公子，我知道你身分也很高貴……能不能幫幫這位姑娘？」

玄宏搖頭：「抱歉！我跟五皇子只有數面之緣，連認識都談不上……我幫不了這位姑娘。」

甯宸沉著臉，心說你不是幫不了，只是你不想得罪五皇子。

「來人，把他給我帶走！」五皇子滿臉淫笑地說道。

他的兩名手下上前抓住女子的手臂，朝著門外拉去。

女子身嬌體弱，怎麼可能是兩名壯漢的對手？被生生拖向門口。

「公子救我，求公子幫幫我，求求你了……」女子看著甯宸，苦苦哀求。

玄宏再次說道：「藍星，別衝動，這件事我們管不了。五皇子想要整死我們，太簡單了！」

女子最終還是被拉了出去。

玄宏說道：「藍星，繼續吃飯吧……就當什麼都沒發生。」

「那女子跟我們非親非故，沒必要把自己搭進去。」

甯宸鐵青著臉沒說話。他腦海中還在閃爍著女子被拖出去時那絕望的眼神。突然，甯宸深深地吐出一口氣，像是下定了某種決心。

「玄公子，你慢慢享用，我吃飽了，告辭！」甯宸說完，大步朝著門口走去。

下樓的時候，順手抽走一個店小二肩膀上的抹布，然後飛快地蒙住臉。

「嘔……」

這抹布太他媽臭了，甯宸差點吐出來。但現在他顧不上這麼多？下樓後朝著門口衝去。

天福樓門口停著一輛華麗的馬車，五皇子的兩名手下強行帶著女子朝著馬車走去。

「喂，等一下！」

五皇子下意識的轉身看來。

甯宸健步如飛，瘋狂衝刺，然後一記肘擊正中五皇子的胸口。

八極拳，頂心肘。

「砰！」

沉悶的撞擊聲中，五皇子直接倒飛出去撞在馬車的輪子上，然後又彈回來，狠狠地摔倒在地上。

路過的行人被嚇得發出一聲聲尖叫！

不等五皇子的兩名手下反應過來，甯宸已經左手抓住五皇子的頭髮狠狠地往後一拉，膝頂在他的後背上，手裡中的匕首架他的脖子上。

這把匕首正是玄宏送給他的，沒想到今日派上了用場。

「住手！」

「你好大的膽子，你知道他是誰嗎？」

五皇子的兩名手下這才反應過來，色厲內荏地大吼。

甯宸冷笑：「別亂動，不然只要我輕輕一拉，他的小命可就沒了……他的身分再尊貴，也只有一條命。放人，不然我現在就宰了他！」

兩人看向五皇子，五皇子嚇得渾身顫抖，牙齒打顫，怒道：「還愣著幹什麼？放人！」

兩人鬆開了女子。

甯宸喊道：「姑娘，快跑！」

女子滿臉擔心地看著甯宸。

「別磨蹭了，快跑！」

「公子保重！」女子滿臉感激，朝著甯宸深深地鞠了一躬，然後轉身踉踉蹌蹌地跑了。

五皇子聲音打顫：「小子，你知道我是誰嗎？」

甯宸直接拿匕首在他腦袋上狠狠地敲了幾下。

「我當然知道你是誰？你是牲口畜生毛驢子，反正不是人。」突然，甯宸問道：「你知道我是誰嗎？」

「你是誰？」甯宸用匕首匡匡敲五皇子的腦袋：「你他媽管我是誰？畜生沒資格管人的事！」

「小子，你可知道這樣做的後果？」

甯宸獰笑：「你若再廢話，信不信我現在就送你下地獄。」

甯宸豁出去了，反正已經闖下了彌天大禍，後悔已經來不及了，索性放開手腳扁一頓就完事了。

他穿越而來，是死過一次的人了……大不了再死一次。

「小子，為了一個素不相識的人得罪我，值得嗎？」

「我覺得值得就行。」甯宸一字一頓地說道：「人間若無正義在，我願持刀做閻王。」

五皇子咬牙切齒地說道：「小子，人我已經放了，你是不是該放手了？」

想著那個女子已經跑遠了，他們應該追不上了，甯宸突然間站起來，朝著五皇子的腦袋狠狠地踹了幾腳，然後拔腿就跑。

五皇子被踹得差點昏死過去，嘴巴磕在青石板上，兩顆大門牙都崩飛了，嘴唇外翻，滿嘴鮮血。

「追，別讓他跑了！」

「小子，別跑！你跑不掉的……」

五皇子的兩名手下奮起直追。

「別追了，都回來！」五皇子怒道，說話漏風。

第八章

逃命

甯宸知道自己這次算是闖了彌天大禍，那可是五皇子，當今陛下的兒子。整個天下都是他家的，自己挾持五皇子，還把對方打了一頓，一旦被抓到，必是死罪。

可甯宸不後悔，如果再讓他選擇一次，他還是會這樣做。

他曾是軍人，雖然穿越到了這個陌生的世界，但軍魂不滅……任何邪惡和艱難險境都不可能讓他退縮。

雖然蒙著臉，但他沒時間換衣服，或許五皇子會認出他來。

玄宏應該不會出賣自己，那個人雖然自私自利，但自己挾持了五皇子，他又跟自己在一起，出賣自己，他也會受到牽連。

但那是五皇子啊，若他徹查，肯定會查到自己頭上。

甯宸思索了一會，做了個決定……跑路。

京城自己是待不下去了，得出去躲躲風頭。

媽的，早知道就告訴五皇子，說自己叫甯甘，將甯府的人全部拉下水。

跑路得有錢啊，他現在身上就幾錢碎銀子，根本跑不了多遠。

他思索了一會，直奔將軍府。

……

而另一邊，「五皇子」正跟玄宏待在一起。

這個五皇子根本就是個冒牌貨，他的真實身分是太子的貼身侍衛之一，名叫魯燕。

「你的傷沒事吧？」

魯燕捂著胸口，神色痛苦，說道：「回殿下，屬下的胸骨斷了。」

太子皺眉：「他的身手這麼恐怖嗎？」

魯燕道：「他的身法非常詭異，全身力量集中在肘部，動作迅猛，猶如獵豹……不過他的力量弱了些，不然屬下就不是胸骨斷裂這麼簡單了！」

「殿下恕罪，都是屬下吃醉了酒，反應遲鈍。」

太子擺擺手：「這不怪你，是我怕你演得不夠逼真，讓你喝的酒……是我考慮不周，沒想到他的身手這麼好。」

「你即刻回宮，找御醫看看，好好養傷……我得好好想想，如何跟他賠禮道歉？他現在肯定會認為我是個貪生怕死，薄情寡義之輩。」

「本來只是想測試一下他的人品，沒想到會弄成這樣？」

……

另一邊，甯宸已經到了將軍府。

甯宸突然找他借一百兩銀子，陳老將軍有些好奇：「你借一百兩銀子做什麼？是遇到什麼事了嗎？」

甯宸一臉著急且又誠懇地說道：「不敢欺瞞老將軍，我家人都死絕了，只有一個跛腳老奴陪著我……如今他突發惡疾，急需銀子看病。」

「我在天玄大叔那裡存了五百兩銀子，老將軍你是知道的，我見不到他，回頭你見到他，讓他還給你，就說我說的。」

「陳老將軍，人命關天……求求你了，幫幫忙！」

陳老將軍倒也大方，直接喊來管家，讓他去帳房支取了一百兩銀子交給甯宸。

「多謝陳老將軍，大恩不言謝，若有機會，我一定會報答你的……我發誓！」

告別陳老將軍，甯宸直奔演武場，在這裡找到齊元忠。

「齊大哥，陳老將軍讓我出門去辦點事，讓你給我準備一匹快馬！」

齊元忠沒有懷疑，立刻幫甯宸準備了一匹高頭大馬。

甯宸騎著馬直奔城門而去。

一路狂奔，來到城門口，出城的時候被守門的城防軍擋住了。

「我是陳老將軍麾下，奉命出城辦事，快快讓開！」

城防軍一看甯宸騎的是一匹戰馬，立刻放行。

出了城門，甯宸不敢耽擱，快馬加鞭，絕塵而去。

……

皇宮養心殿，聶良就守在大殿門口。

他跟全公公就像是兩開口，一個主內，一個主外。

一名帶刀護衛腳步匆匆地趕來，俯身在聶良耳邊低語了幾句。

聶良臉色微變，揮手示意護衛退下，然後快步來到殿前，俯身恭敬地說道：

「臣聶良，有事求見陛下！」

過了會，全公公邁著小碎步走出來：「聶統領，陛下召你進去。」

聶良隨著全公公走進大殿，玄帝正在看奏摺。玄帝是一位很勤勞的皇帝。

聶良單膝跪地，道：「啟奏陛下，藍星跑了。」

玄帝表情一陣錯愕，從奏摺上挪開目光，看向聶良：「跑了？跑哪裡去了？」

「陛下讓臣派人暗中跟著藍星公子，保證他的安全……剛剛下面人彙報，說是藍星公子騎馬出城去了。」

玄帝好奇地問道：「他出城做什麼去了？」

聶良便將今天天福樓發生的事情說了一遍！

因為聶良派去的人認識太子護衛魯燕，所以沒敢插手此事。

玄帝的臉色一點點陰沉了下去。

「毫無章法，如此測試人心，最終只會落個離心離德的下場。」

全公公和聶良大氣都不敢喘。

玄帝說的是太子，這可不是他們能插嘴的。

「聶良，你的人還跟著他嗎？」

聶良額頭冷汗直冒：「藍星公子騎的是將軍府的戰馬，我的人沒準備馬匹，所以……所以跟丟了。」

暗中保護人，沒有騎馬的……而且事發突然，他們也沒想到甯宸會跑，而且是騎著戰馬跑的。

玄帝的臉色越來越難看。

「甯宸跑了多久了？」

「有兩個時辰了！」

玄帝怒道：「兩個時辰了，現在才告訴朕……你怎麼不等他跑到天涯海角再告訴朕呢？」

聶良嚇得直冒冷汗：「臣知罪，求陛下開恩！」

其實這已經很快了，雖然將軍府在內城，但皇城太大了……皇宮更不用說了，宮中又不能騎馬，從宮門到養心殿，跑一個時辰能到都算是快的了。

玄帝沉著臉說道：「全盛，傳朕口諭，讓耿京派人沿途追查藍星的下落，找到人後立刻帶回來……切記，不可傷他分毫。」

「奴才遵旨！」全公公邁著小碎步，飛快地離開了養心殿。

玄帝看向聶良：「他是從哪個城門離開的？」

「南門。」

「傳朕旨意，讓涼州府尹多加留意，若是發現甯宸，讓他親自把人給朕送回來。」

「還有，讓沿途驛站多多留意……藍星騎的是戰馬，不難甄別。」

聶良急忙道：「臣領旨，臣這就去辦！」

聶良退下後，玄帝目光閃爍，低語道：「才情過人，有智慧、有謀略，是個可塑之才……雖然那個五皇子是假的，但明知是五皇子，還敢動手，無視皇家威嚴，還是得敲打敲打啊。」

……

夜幕降臨，甯宸在一條小溪邊停了下來。

他從馬上跳下來，雙股顫顫，兩腿直發抖。

他並不怎麼會騎馬，這一路狂奔，磨得大腿內側火辣辣的痛。

甯宸估計，自己離皇城應該有差不多百里了。

其實他騎著戰馬，可以走官道，那樣更快……但他又怕被追上，所以他一路順著小道走。

走到這裡，人困馬乏，便停下來讓馬吃些水草，可甯宸自己就慘了，走得太急，沒帶食物和水。

他在河邊觀察了一會，這河水太淺，沒發現有魚。

無奈之下只能在旁邊的林子裡布置了個簡易的陷阱，希望能抓到兔子野鳥什麼的。

好在他身上帶了火摺子，生了一堆篝火，裹緊大氅，靠著樹迷迷糊糊地睡著了。

誰知睡了沒一會，馬匹發出焦躁不安地嘶鳴聲。

甯宸被驚醒了，扭頭看去，只見戰馬焦躁不安，鼻息咻咻，不斷地用蹄子刨地。

不等甯宸明白過來，一聲狼嚎，讓他渾身一緊。

草……聽聲音，狼離他不遠。

甯宸急忙衝過去，解開馬韁，一拍馬屁股：「快跑！」

老馬識途，他相信這匹馬可以自己回去。

這是一匹戰馬，甯宸不希望牠葬身狼腹……而且這匹馬太過顯眼，很容易被人認出來，他原本就打算放牠回去的。

戰馬疾馳而去，甯宸往火堆裡加了些柴火，狼怕火，然後他自己靈活地爬上身後的大樹。

過了一會，遠處的草叢中傳來一陣動靜，雜草抖動，狼來了！

雖然樹下有火堆，他躲在樹上，但甯宸還是有些緊張。

狼這種東西奸詐狡猾，極為聰明，團隊作戰能力很強。

雜草晃動，幾頭野狼從草叢中探出腦袋。牠們懼怕火，不敢靠近，警惕地觀察著四周尋找獵物。

甯宸躲在樹上，能清楚的看到那一雙雙凶惡的眼睛中散發著嚇人的綠芒，鋒利的牙齒間有黏液滴落。

狼這種東西，耐心極好，有時為了追殺獵物，可連續追蹤數日。

甯宸屏住呼吸，不想招惹狼群。

他現在就一把匕首，若是被狼群盯上，很難逃脫，要是有一把槍就好了。

如果這次自己能活下來，一定要想辦法打造一把槍……只要是碳基生物，就沒有打不死的。

突然，甯宸腳下一滑，差點從樹上掉下來，嚇出他一身冷汗，但這動靜也讓狼群發現了他，一聲聲低沉地嘶吼聲響起。

甯宸苦笑，真是屋漏偏逢連夜雨，不過樹上很安全，狼上不來。

這群狼有十幾頭，圍著火堆轉圈圈，發出沉悶的嘶吼，盯著樹上的甯宸。

就這樣，甯宸一直挨到天蒙蒙亮，又累又餓，疲憊不堪。

再忍忍，天亮就好了。

可就在這時，一陣馬蹄聲響起，朝著這邊而來。

甯宸渾身一緊，站在樹幹上眺望。

只見幾個人騎著馬朝著這邊而來，近一點的時候，甯宸終於看清了……急忙蹲下身子，悄悄躲在樹幹後面。

一共五個人，身穿魚鱗服，腰挎長刀，這是監察司的人馬。

甯宸知道，監察司只聽玄帝一個人的，他打傷五皇子，監察司肯定是玄帝派來抓他的。

甯宸心裡苦笑，他在這裡耽誤的太久了，監察司的人應該是順著馬蹄印找到了這裡。

「頭兒，這裡有灰燼。」

其中一人說道，跳下馬走到灰燼跟前，伸手試了試：「還有餘溫，人應該沒走遠。」

甯宸在心裡默默祈禱，別抬頭，千萬別抬頭，對方一抬頭就能發現他。

如果對方抬頭，那麼他只能撲下去解決掉他……可剩下的四個人怎麼辦？監察司都是一等一的高手，他這幾天鍛鍊，身體素質提高不少，但同時對付四名監察司的高手，絕無贏的可能。

突然，甯宸發現一件事，群狼不見了。

他看向遠處的草叢，居高臨下，剛好可以看到群狼藏在草叢裡。

這些畜生，真是狡猾，看來牠們盯上了這五名監察司的人。

那位檢查灰燼的人蹲在地上，正好背對著狼群。

果然，一頭野狼看準機會，從草叢裡撲出，張開血盆大口，朝著檢查灰燼的人脖子咬去。

檢查灰燼的人身手了得，聽聲辨位，下意識的就地一滾，躲開野狼的襲擊，順勢站起身，鋒利的長刀已經出鞘。

野狼一擊不成，並未再攻擊，弓著背，喉嚨裡發出沉悶的嘶吼。

「大家小心，有狼群！」那為首的漢子大吼一聲，拉住躁動不安地馬匹，一手抽出長刀，另一隻手從馬背上取下弓弩。

隨著一聲狼嚎，十幾頭野狼從草叢裡衝了出來。

馬匹焦躁不安，發出一陣陣嘶鳴，差點將馬背上的人甩下來。

「全部下馬！」為首的漢子下令。

監察司的人翻身下馬，立刻聚集在一起，背靠背，警惕的盯著圍上來的狼群。

一頭野狼高高躍起，朝著幾人撲來。

那為首的漢子抬手一箭，箭矢帶著破空聲，直接射中了野狼的腦袋，一擊斃命。

聞到血腥味，狼群變得更加凶殘，一頭頭野狼撲向幾人。

箭矢地破空聲響起，這些人的箭法都非常厲害，頓時有三頭野狼被射殺。

但弓弩有個最大的缺陷，那就是每次只能發射一枝箭矢……重裝箭矢需要時間，但野狼可不會給他們時間。

監察司的人只能捨棄箭矢，用刀對抗。

這些野狼十分凶殘，往往好幾刀才能殺死一隻。

不過監察司的人身手都很好，又懂得配合作戰，倒也沒人受傷。

甯宸一直在尋找機會逃走，可就在這時一聲慘叫響起。

甯宸低頭看去，只見檢查灰燼的漢子被一頭野狼咬住了手臂，另一隻野狼咬住了他的腿，正在撕扯。

這個人單獨為戰，被四頭野狼圍住。

他身手很好，一箭解決一頭，兩刀劈死一頭……但剩下的兩頭前後夾擊，讓他疲於應付，一不小心被撲倒了。

野狼拚命撕咬他的手臂，讓他連刀都握不住。

監察司的其他人想要過來救援，但被其他野狼團團圍住。

甯宸目光閃爍，監察司這幾個人身手都很強，狼群奈何不了他們，被解決掉只是時間問題。

此時不逃，更待何時？

甯宸順著樹幹滑了下來，準備悄悄溜走，結果剛轉身，突然間後背發寒。

正在撕咬檢查灰燼的男子腿的野狼竟是鬆開嘴，朝著甯宸撲來。

甯宸猛然回頭，臉色微變，然後就地翻滾出去，野狼撲了個空。

甯宸順勢起身，誰知野狼再次朝著他撲來。

他眼神一狠，盯著撲來的野狼，閃電般拔出匕首。

「噗！」

寒芒乍現，快狠準，手裡的匕首洞穿了野狼的腦袋。

「藍星！」為首的漢子大喊一聲。

甯宸拔出匕首，朝著他咧嘴一笑：「你們慢慢玩，告辭！」

話落，他轉身就跑，結果高興得太早了！

他還沒跑出多遠，一頭比其他野狼大了一圈的狼，從旁邊的草叢裡突然撲了出來。

甯宸根本躲閃不及，直接被撲倒在地。

草，是狼王！

狼王張開滿是獠牙的大嘴，一口咬住甯宸的後背，猛地一扯，甯宸背後的包袱被撕爛了，白花花的銀子散落一地，甯宸也被甩得在地上滾了幾圈。

不愧是狼王，這畜生好大的力氣。

狼王猛地一撲，兩隻前爪踩在甯宸胸口，然後一口咬向他的脖子。

甯宸情急之下，拚命地抓住狼王的脖子苦苦支撐著，右手緊握匕首，一頓亂捅。

溫熱腥臭的血液噴了他滿臉，糊得他眼睛都睜不開，甯宸顧不上其他，拚命地亂捅。

「牠已經死了。」

直到聽到聲音，甯宸才感覺到，狼王已經沒動靜了。

他用袖子擦掉眼睛上的血，累得氣喘吁吁……臉上卻露出苦澀的笑容。

原來，監察司的人已經解決了其他野狼，圍了過來。

一名監察司的人移開壓在甯宸身上的狼王屍體，甯宸一臉苦笑的看著他們，他知道自己跑不掉了。

他稍微休息了一會，坐起身，看著散落滿地的碎銀，道：「這些銀子全都是你們的，能不能放我一馬？」

為首的漢子搖搖頭：「皇命大過天。」

「我剛才解決了一頭野狼，不然那位兄弟就被咬死了，我也算是救了你們的人吧？這些銀子你們拿走，就說沒見過我……我保證這件事永遠不會有人知道。」

為首的漢子「呵」了一聲，但還是搖頭，道：「就算你救了我們兄弟的命吧……但我們不敢違抗聖命，我們也有家人。」

甯宸問道：「沒得商量？」

後者搖頭：「你可以試著反抗。」

甯宸眼神一狠，結果突然身子一僵，因為一把刀架在了他的脖子上。

「我最討厭打打殺殺了。」甯宸無奈的嘆口氣，道：「好吧，我跟你們回去！」

為首的漢子眼神戲謔，旋即對另一個人使了個眼色，後者從背後取出手銬腳鍊。

甯宸配合地伸出手，後者給甯宸戴上了手銬腳鐐。

為首的漢子吩咐其中兩人，去尋找跑丟的馬匹。

這些馬匹訓練有素，不會跑太遠。

等待地過程中，他們撿起地上的碎銀，收繳了甯宸的匕首。

那名檢查灰燼的男子傷口也上好了藥，他傷的並不是很重，一瘸一拐的走過來。

甯宸看了他一眼，道：「我剛才救了你！」

雖然他知道甯宸並沒想救他，只是逃跑的時候被野狼發現了，但也的確幫他分擔了火力，不然他的下場還真不好說？

「謝謝！」

甯宸抬起手，給他看手上的手銬，忍不住嘲諷道：「你謝我的方式真特別。」

後者說道：「我們也是奉命辦事。」

「藍星，皇命難違……你也算是救了我，我永遠感激，你還有什麼未了的心願，可以告訴我，我幫你完成。」

甯宸沉默了一陣子：「讓我吃頓飽飯，不會太為難你吧？」

「不會！」

後者說完，打開自己的包袱，從中取出乾糧遞給甯宸，又拿出了水囊。

為首的漢子走過來，道：「藍星，你到底犯了什麼事？雖然你並非真心，但也算救了我兄弟，我或許可以幫你疏通關係，判輕一點。」

他們得到的命令是抓捕藍星，並不知道他犯了什麼罪。

甯宸淡漠地笑了笑：「京城三歲小孩都知道，進了你們監察司，就沒有人能活著出來。」

「事在人為，或許我們可以幫到你，抑或者讓你死前過的舒服點。」

甯宸搖搖頭，道：「你們幫不了我……我挾持了五皇子，並且喪心病狂的把他暴揍了一頓，你們能幫我嗎？」

幾人全都呆住了！

挾持五皇子，還揍了人家一頓，這可是滿門抄斬的大罪。

幾人全都沉默了。

涉及皇家，還是五皇子，就算是他們的頭兒耿京也救不了藍星。

甯宸默默地吃著乾糧，他知道自己這次徹底完了。

沒想到自己來到這個世界，竟然連三個月都沒活過。不知道自己這次死了，還會不會穿越？

這時，走丟的馬都被找回來了，幾人帶著甯宸返回京城。

當天下午，甯宸被帶進了監察司，押入大牢，他知道自己的生命已經進入了倒數計時。

但奇怪的是，他竟然一點都不害怕，或許是死過一次的緣故。

他甚至還有心思琢磨，怎麼把甯自明一家拉下水？

甯自明這種人渣，拋妻棄子，說是渣男都抬舉他了，根本就是豬狗不如。

如果自己死的時候能拉幾個壞人墊背，也不枉自己來這個世界一趟。

……

皇宮養心殿，不止玄帝，還有太子和陳老將軍。

玄帝臉色難看，眉宇間帶著擔憂；陳老將軍也是如此，他是昨晚才知道的，齊元忠告訴他甯宸騎走了一匹戰馬，那時候他才意識到出事了。

太子垂著頭，一聲不吭，他剛才又被玄帝訓斥了一頓。

從昨晚到現在，他已經挨了三頓罵了。不過玄帝經常訓斥他，他都已經習慣了。

便在這時，一名小太監邁著小碎步輕手輕腳地走進來，跪倒在地，說道：

「陛下，耿大人求見！」

耿大人自然是耿京。

玄帝立刻說道：「讓他進來。」

小太監退出去，不一會，一身魚鱗服、身材高大的耿京走了進來，正要行禮，卻聽玄帝道：「不用多禮，人找到了嗎？」

耿京這幾天奉命調查黑閻王的事，自然清楚甯宸的身分。他心裡好奇極了，這甯宸只不過是禮部尚書甯自明的兒子，陛下為何對他這般看重？

「回陛下，人已經找到了，按照陛下吩咐，甯宸已經關進了監察司的大牢。」

玄帝微微鬆了口氣，笑道：「找到就好，找到就好。這小子沒什麼事吧？」

「回陛下，甯宸一切安好……不止如此，他還救了臣的手下。」

「嗯？怎麼回事？說來聽聽。」

耿京將遭遇狼群的事說了一遍。

玄帝聽聞，龍顏大悅。

「逃命的時候還不忘救人，真是愚蠢，就沒考慮過自己嗎？這小子，做事總是出乎朕的意料，哈哈哈……」

眾人心裡震驚不已，玄帝向來喜怒不形於色，很少見到他這樣開懷大笑。

而且，語氣中充滿了對甯宸的讚賞和關心。

太子心裡酸溜溜的……到底誰是你親兒子啊？

「耿京，就讓他在大牢繼續待著，不聞不問就行了……對了，不能少吃少喝，少一根頭髮，朕唯你是問。」

耿京一臉傻眼，但又不敢問，急忙道：「臣遵旨！」

陳老將軍一腦門問號，這個甯宸是誰？不是在說藍星的事嗎？陛下把藍星忘了嗎？

他心裡擔心藍星的安危，又不敢打斷玄帝的話，急得一腦門子汗。

——待續

國家圖書館出版品預行編目資料

逍遙四公子 ／ 修果作. --初版.
--臺中市：飛燕文創事業有限公司, 2025.04-

冊；公分

ISBN 978-626-413-169-8(第1冊:平裝).--
ISBN 978-626-413-170-4(第2冊:平裝).--
ISBN 978-626-413-171-1(第3冊:平裝).--
ISBN 978-626-413-172-8(第4冊:平裝).--
ISBN 978-626-413-173-5(第5冊:平裝).--
ISBN 978-626-413-174-2(第6冊:平裝).--
ISBN 978-626-413-175-9(第7冊:平裝).--
ISBN 978-626-413-176-6(第8冊:平裝).--
ISBN 978-626-413-177-3(第9冊:平裝).--
ISBN 978-626-413-178-0(第10冊:平裝).--
ISBN 978-626-413-179-7(第11冊:平裝).--
ISBN 978-626-413-180-3(第12冊:平裝).--
ISBN 978-626-413-181-0(第13冊:平裝).--
ISBN 978-626-413-182-7(第14冊:平裝).--
ISBN 978-626-413-183-4(第15冊:平裝)

857.7 114002902

逍遙四公子 01

出版日期：2025年06月初版
建議售價：新台幣190元
ISBN 978-626-413-169-8

作　　者：修果
發 行 人：曾國誠
文字編輯：小鯨魚
美術編輯：豆子、大明
製作/出版：飛燕文創事業有限公司
公司地址：台中市南區樹義路65號
聯絡電話：04-22638366
傳真電話：04-22629041
印 刷 所：燕京印刷廠有限公司
聯絡電話：04-22617293

各區經銷商

華中書報社	電話 02-23015389
旭昇圖書有限公司	電話 02-22451480
智豐圖書股份有限公司	電話 05-2333852
威信圖書有限公司	電話 07-3730079

網路連鎖書店

金石堂網路書店 電話：02-23649989
網址：http://www.kingstone.com.tw/

博客來網路書店 電話：02-26535588
網址：http://www.books.com.tw/

若您要購買書籍將金額郵政劃撥至22815249，戶名：曾國誠，
並將您的收據寫上購買內容傳真到04-22629041

若要購買本公司出版之其他書籍，可洽本公司各區經銷商，
或洽本公司發行部：04-22638366#11，或至各小說出租店、漫畫便利屋、各大書局、金石堂網路書店、博客來網路書店訂購。
▶如有缺頁、破損，請寄回更換！

Fei-Yan
飛燕文創